KB132160

시화기행 2

뉴욕, 한낮의 우울

김병종 지음

시화기행

2

문학동네

| 차례 |

2부 별빛 아래를 느긋이 거닐다

일러두기

1. 작품명, 전시명, 영화 제목은 〈 〉로, 단행본, 잡지는 『 』로 표기했다.
2. 인명, 지명 등 외래어는 국립국어원 외래어표기법을 따랐으나 일반적으로 통용되는 표기가 있
   을 경우 이를 참조했다.

시화기행을 펴내며

그림과 시와 기행을 함께 묶는 책을 내게 되었다. 꼭 해보고 싶은 일이
어서 감개무량하다. 시詩에 관해서 내게는 아픈 기억들이 있다. 대학
시절 서울대 대학문학상에 「겨울기행」이라는 시로 당선이 되었는데
장황한 심사평만 실리고 게재되지 못했다. '사정에 의해서'라는 짤막
한 사고社告가 달려 있었다. 예컨대 "불온시"로 찍힌 것이었는데, 여기
저기서 시를 게재하라는 요청이 빗발치면서 일 년 후에, 그것도 붉은
줄 쳐진 부분들을 고쳐 싣게 되었다. 너덜너덜해진 시에 마음이 쓰렸
는데 그때 어렴풋 깨달았다. 모든 종류의 사랑에는 아픔이 따른다는
것을.

어린 시절부터 나는 그림을 좋아했고 시를 사랑했다. 줄기차게 그리
고 읽고 쓰기를 계속했다. 밥숟갈 들면서부터 함께 시작된 일이었다.
그러다 중학교 2학년 때 한 다방을 빌려 〈혹惑〉이라는 이름의 생애 최
초 개인전을 열면서 그 다방에서 멀지 않은 인쇄소에서 역시 생애 최초

의 시집 비슷한 것을 찍어냈다. 그때 이미 독서의 이력도 상당해서 영미 문학을 찍고 일본 사소설에 빠져 있었다. 억제할 수 없이 끓어오르는 창작에의 욕망을 이런 식으로라도 분출할 수밖에 없었지만 〈혹〉은 불온하다고 비난받았고 시는 불길하다고 질책을 들었다. 그것이 그림과 글을 한꺼번에 끌어안고 가면서 이후 받게 된 그 소나기 같은 질책과 수모의 시작이었음을 그때는 알지 못했다.

수십 년 동안이나 많은 사람들이 다른 입 같은 소리로 한 우물만 파야 한다고들 성가시게 했지만 나는 일란성쌍생아 같은 글과 그림 어느 하나도 미워하거나 버리지 못한 채 끌어안고 여기까지 왔다. 다만 시는 발표 없이 혼자 쓰고 버리곤 했는데 쓰고 버리고를 무수히 반복하다보니 이 또한 야릇한 쾌감이 왔다. 구차하게 발표하며 입술에 오르내리는 것보다 그 편이 훨씬 은밀하고 짜릿했다.

밤이 이슥하도록 쓴 시들이 아침에 찢겨 나갈 때는 마치 옛 요대 궁궐의 말희가 비단을 찢는 것 같은 쾌감이 들었다. 그러다 시와 그림과 여행을 함께 버무려 내놓게 되었다. 나의 시가 햇빛을 보게 되는 순간이었다. 이른바 '김병종의 시화기행'. 문화일보에서 마음껏 시 쓰고 그림 그려보라고 판을 깔아주는 바람에 그 이름을 달고 시작된 일이었다. 물론 내가 시를 쓴다는 것을 모르는 독자들이 왕왕 "어디서 그렇게 딱딱 들어맞는 시를 가져다 쓰는 거냐"는 질문을 해올 때면 곤혹스러웠지만. 연재가 거의 백 회에 이르기까지도 여전히 내가 남의 시를 그때그때 인용하여 쓴다고 아니 기가 막힐 노릇이었지만 그러거나 말거나 나는 즐거웠다. 그토록 암중모색으로 하고 싶었던 일을 하게 되었으니까.

'김병종의 화첩기행'이 신문에 처음 연재되고 책으로 나온 지 이십

수년 만에 『시화기행』이 다시 책으로 묶여 나오게 됐다. 읽는 이들이 내 시와 그림의 창窓을 통해 떠나지 못한, 혹은 떠나왔던 여행의 상념을 어루만졌으면 싶다. 이러구러 생애의 페이지가 다시 넘어가는 소리가 들리는데 혼자 가끔씩 중얼거린다. 나는 화가다. 그리고 시인이다.

과천의 송와松窩에서
김병종

삶이 영화가 되는 도시

1부

뉴욕 필모그래피,
　새벽 세시,
　　울어도 될까요

푸른 밤안개 속에 풀리는 불빛들.
신호등을 기다리며 두 사내가 이야기를 나눈다.
한 사내가 흘끗 이쪽을 본다.
순간 유리창이 박살나고 사방으로 튀기는 피.
누군가는 미친듯 소리를 지르는데
하얀 시트와 걸어놓은 와이셔츠와
시들어가는 노란 꽃과 천장에까지
사방으로 튀기는 핏방울, 핏방울.
구사마 야요이가 함부로 뿌린 붉은 점과도 같다.
뉴욕의 첫 밤은 늘 이렇게 어지러운 꿈으로 뒤숭숭하다.

뉴욕으로 오세요.
그 자유의 공기를 심호흡해보세요.

영감을 받을 거예요.

그러다 중독될지도,

어쩌면 숭배하게 될지도 모르죠.

여기는 뉴욕교 이교도인들이 모여드는 곳이기도 하니까요.

개인적 우울?

슬며시 사람들 사이에 섞여 무작정 그 흐름을 따라 걸어보세요.

화성까지 닿을 듯한 그 빠른 걸음 속에 섞이다보면

하루 담배 열다섯 개비보다도 위험하다는

우울과 고독일랑 그야말로 연기처럼 사라져버리죠.

바스키아의 작업실 같은 어지러운 거리의 그라피티 사이를 걷고

심야의 지저분한 브루클린행 기차를 타보세요.

그러면 정화가 되는 걸 느끼게 되죠.

맞아요. 더럽고 지저분한 것들이 우리를 정결케 해줘요.

하지만 그 뉴욕에 와서

낡은 호텔 구석의 침대에 누워

이곳은 위험해,

나는 폐허 같은 광야에 내팽개쳐져 있어.

깜빡 잠이 들었는데

이번엔 우르르 쾅쾅 그리고 여인의 흐느낌.

그 위로 덮치는 고함과 함께 묵직한 무언가를 집어던지는 소리.

어디선가는 흑인 여자의 소리인 듯 찢어진 재즈 가락이 들려온다.

너무 싼 호텔만 찾은 내 잘못이야,

월도프 애스토리아쯤 묵어보는 건데.

벽의 낡은 시계는 새벽 세시.
벽 저편에서 여인의 흐느낌은 계속되는데,
"지금은 새벽 세시, 조금만 더 울어도 될까요"라고 묻는 것 같다.
한 번에 한 알씩만, 이라는 문구가 적힌
하얀 알약 두 알을 털어넣고서야
비로소 혼곤한 잠에 빠져든다.
꿈과 현실이 뒤죽박죽되면서
뉴욕에서의 한밤은 그렇게 흘러간다.

—

그럼에도 불구하고 뉴욕의 아침은 명랑하다. 그리고 분주하다. 어느 혹성에서 쏟아져나온 신인류인지 거리는 넥타이 단정히 매고 가방을 든 사람들로 가득하다. 모두들 직진하며 걷고 있다. 여름이 가는가, 열어놓은 창으로 바람이 서늘하다.

아침식사 시간에 뒤숭숭한 어젯밤 일을 얘기했더니 나를 초대한 갤러리에서 일하는 남자가 토스트 양면에 얄밉도록 천천히 버터를 바르며 말한다.

"갱 영화를 너무 많이 보셨군요. 〈대부〉〈갱스 오브 뉴욕〉 그렇죠? 하지만 〈뉴욕의 가을〉이나 〈러브 인 맨해튼〉〈세렌디피티〉〈뉴욕의 모든 베르메르〉 같은 영화는 못 보신 거죠. 사실은 여기처럼 안전하고 여기처럼 흥분되는 곳도 없어요. 한마디로 뉴욕은 영화 같은 도시랍니다. 삶이 영화고 영화가 삶이라니까요.

〈뉴욕의 모든 베르메르〉만 하더라도 메트로폴리탄 미술관의 베르메르 전시실에서 그냥 두 남녀가 만나면서 시작된답니다. 따로 세트장이 필요없죠. 카메라만 들이대면 어디든 영화가 된다니까요. 도시 자체가 필모그래피죠."

"새벽 세시에 옆방 여자가 흐느꼈다고요? 아쉽군요. 스탠리 큐브릭

인생은 영화처럼 흐른다
오늘도 뉴욕에서는 다양한 인종과 사연이 섞이며 영화가 만들어진다.

감독이었다면 그것만으로도 예술영화 한 편은 만들었을 텐데. 다시 말씀드리지만 뉴욕은 그 자체가 움직이는 필모그래피예요. 우리네 인생도 마찬가지 아닌가요? 더구나 여기엔 투자자와 자본이 몰려 있어요. 영화는 그 위에 핀 꽃이죠."

허드슨강을 따라 걷다가 벤치에 앉아 건너편 빌딩 위로 지는 낙조를 바라본다. 러시아 출신으로 뉴욕으로 건너와 뉴요커로 살다 뉴요커로 죽은 작가 에인 랜드는 뉴욕에 반한 여자였다. 세상의 어떤 아름다운 낙조와도 뉴욕의 스카이라인을 바꾸고 싶지 않다고 했을 정도였다니.

한 해에 육천만 명이 넘는 관광객이 찾는다는 도시. 브라질의 코파카바나나 멕시코의 칸쿤 같은 푸른 해변도 없는 이 빌딩숲에 사람들이 그토록 몰려드는 이유는 무엇일까.

돌진하듯 직진 보행하는 사람들을 구경하려는 걸까. 아닌 게 아니라 뉴욕은 거대한 영화 세트장 같다. 영화의 메카로 부상한 지 오래인 도시라 많은 영화 애호가들이 마치 답사여행을 하듯 영화 속 장소를 찾아다니기도 한다. 〈대부 3〉 속 알파치노 저택이 나오는 어퍼이스트사이드 맨해튼에서부터 〈어거스트 러쉬〉 속 워싱턴 스퀘어파크, 수많은 영화의 생생한 무대가 되었던 월스트리트, 중년 신사 리처드 기어와 미모의 여대생 위노나 라이더가 출연한 〈뉴욕의 가을〉의 배경이었던 센트럴파크 보 브리지.

연륜 있는 영화 팬의 향수를 자극하는 〈러브 어페어〉의 주요 장소인 엠파이어스테이트 빌딩 전망대도 마니아들의 필수 탐방 코스다. 그리고 뉴욕의 크리스마스날 화려한 부르밍데일스 백화점에서 사랑이 얽히며 이루어지는 〈세렌디피티〉. 그 목마르고 달콤한 뉴욕풍 사랑 이야기는 실제로 1954년에 세워진 어퍼이스트사이드 맨해튼의 한 레스토랑 이름을 영화 제목으로 따왔다. 생전의 재클린 케네디와 매릴린 먼로가 자주 찾던 곳이었다고 해서 더 유명하단다.

전쟁을 겪지 않은 도시여서 그럴까. 뉴욕을 배경으로 한 영화는 극적인 파국과 황폐함을 보여주는 작품보다는 로맨틱코미디 계열이 많다. 게다가 잘 알려진 장소에서 우연과 극적인 만남 같은 것이 자연스레 이어진다. 잘 알려진 장소들을 등장시켜 데자뷔 효과를 내면서 마치 한 편의 소설이나 에세이처럼 그렇게 이야기가 풀려나간다.

거의 한 거리 건너마다 위치한 박물관과 미술관뿐 아니라 브로드웨이와 소호, 첼시, 웨스트사이드와 브롱크스, 할렘을 거느린 뉴욕. 그야말로 다양하고 거대한 세트장이라 할 만하다. 그 위에 시나리오 작가가 스토리의 얼개로 지붕만 덮으면 영화로 완성될 정도다.

영화가 인생이고 인생이 곧 영화라는 말이 맞는다면 뉴욕은 대체로 사랑하지 않을 도리가 없는 도시다. 영화 같은 인생, 인생 같은 영화 그 자체이기 때문에.

영화 속 뉴욕을 거닐다

미국 영화의 중심지라 하면 할리우드이지만, 고전 영화부터 현대 블록버스터 영화까지 시대를 불문하고 '영화의 도시'를 꼽으라면 뉴욕이 아닐까 싶다. 어퍼이스트사이드, 레축스힐, 센트럴파크와 워싱턴하이츠, 할렘, 브롱크스, 브루클린, 첼시와 소호, 웨스트빌리지, 헬스 키친, 월스트리트, 타임스스퀘어 등 뉴욕 구석구석이 각종 영화 속 배경으로 등장한다. 영화뿐 아니라 뉴스나 드라마 등 각종 대중매체에도 뉴욕은 단골 배경으로 등장하기 때문에 전 세계 대중에게 친숙하다. 이러한 장소를 세트장으로 활용 가능하다는 사실에 매료된 많은 영화인이 이곳에서 이야기를 풀어간다.

우디 앨런, 마틴 스코세이지, 스탠리 큐브릭 등 세계적인 영화 감독이 뉴욕에서 영화를 찍었다. <여인의 향기> <해리가 샐리를 만났을 때> <티파니에서 아침을> 같은 로맨스 영화부터 <원스 어폰 어 타임 인 아메리카> <대부> 같은 느와르 영화, <스파이더맨> <닌자 터틀> <아이언맨> 같은 슈퍼히어로 영화 등 다종다양한 영화가 뉴욕을 배경으로 제작되었다. 뉴욕을 여행한다면 자신이 좋아하는 영화나 드라마 속 장소를 거닐며 다시 한번 감동을 되살려봐도 좋을 것이다.

뉴욕 관광청
홈페이지: http://www.nycgo.com

외로운 숲
혹은
머나먼 집 한 채

햇살이 들어왔다가 빠져나가면
집은 저물어 석양에 떠 있다.
머나먼 길 돌아
떠났던 문으로 다시 들어와서
둥둥 떠다니는 문자들을 보다
북쪽으로 난 창으로는
누렇게 일어나는 황사가 보이는데
가난한 햇살에 의지해
마음을 내려놓고
떠다니는 문자들을 붙잡아
우선
당신이라고 써본다.

유독 뉴욕에 가면 동행자가 있어도 홀로인 느낌이다. 창이 희부윰하게 되도록 잠을 못 이루는 경우가 많다. 햇살이 숨어버린 도시, 밤이 오기도 전에 철컥철컥 마음의 빗장이 잠기는 소리가 들려오는 곳. 더는 꿈꿀 일 없이 그냥 앞으로만 걸어야 되는 도시. 잠 못 드는 새벽 두시쯤 조금은 울어야만 되는 도시, 그리고 '울지 마. 그만 울어'라고 스스로를 보듬어야만 하는 도시. 상처 입은 짐승 같은 이 거대 도시. 먼발치로나마 손 흔들어줄 사람 없는 곳. 밤이면 홀로 외로운 신호등과 그 신호등을 기다리며 서 있는 짧은 동안 엄습하는 우주에 홀로 내팽개쳐진 듯한 느낌.

그런데 나는 그 도시 뉴욕을 왜 찾아가는 것인가. 그럼에도 불구하고 아침이면 질끈 구두끈을 매고 앞으로 나아가도록 하는 매력. 살 비비고 손 흔들어줄 곳 없는 곳에서 오직 앞으로 나아가는 법을 그 도시는 가르쳐준다. 서성이는 법 없이 앞으로, 오직 앞으로만 나아가는 법을 익히기 위해서 그곳에 간다. 직진, 직진, 돌진하듯 직진하라.

사실 모든 여행이 연분홍의 화사함과 반짝이는 기쁨이어야 한다면 돌아와서의 환멸은 어찌 감당할 수 있겠는가. 그런 면에서 뉴욕은 전혀 기대치 없이 떠나게 되는 아름다운 지옥이자 사막이고 그래서 매료되

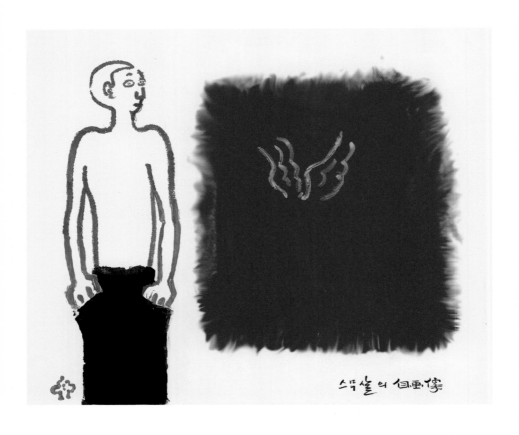

스무 살의 자화상

뉴욕에 가면 타인들의 예술을 통해 외롭고 슬픈 감정을 위로받는다.

는 도시다. 더구나 누군가가 습기 찬 지하에서 만들었다가 햇빛 좋은 날 들고 나오는 그것, 예술이라는 이름으로 행해지는 그 짓거리를 구경하는 일은 거친 들판에 핀 야생화를 보는 것 같은 재미가 있다.

'아, 내가 하는 일을 그대들도 하는구나' 하는 안도감 같은 것. 그리하여 인생의 한철 그런대로 괜찮았다고 스스로를 다독이면서 돌아가게 되는 곳. 그럼에도 불구하고 여전히 거지 같은 뉴욕. 아직도 그곳은 가장 나중 찾아가고플 만큼 막막하고, 외롭고 슬프게 서 있는 외로운 숲 혹은 머나먼 집 한 채이다.

꿈꾸는 예술가들의 도시

뉴욕은 영화의 도시이기도 하지만 예술가들에게 꿈의 도시이기도 하다. 뉴욕 현대 미술관, 메트로폴리탄 미술관, 구겐하임 미술관 등 대형 미술관뿐 아니라 수백 곳의 크고 작은 전시장에서 세계적으로 유명한 작가들의 작품뿐 아니라 실험적인 작품까지 두루 접할 수 있다. 자신의 예술을 알리고 눈을 키우기에도 제격인 셈이다.

길을 걷다 어렵지 않게 예술가들을 만날 수 있는 뉴욕에서도 예술가들의 집합지라면 브루클린, 윌리엄스버그 등 몇 군데를 꼽을 수 있다. 과거에는 예술가들이 소호와 첼시에 모여 살았는데 비싼 집값을 감당하지 못해 이리저리 옮겨갔다. 그중 예술가들이 공장과 창고 등지에 작업실을 꾸린 브루클린이 유명하다. 화가뿐 아니라 뮤지션, 타투이스트, 작가 등 다양한 예술가들이 이곳에서 자연스럽게 서로 교류했다. 에너지 넘치는 이 지역을 걷는 것만으로도 트렌디한 전시장을 거니는 기분이다.

뉴욕적인,
너무나 뉴욕적인
농담과 진실 사이

맨해튼

젊음으로 넘실대는 그 거리를 가로지르며

페인트통 들고

웬 구부정한 노인 하나 걸어간다.

"나의 적은 시간뿐이야" 중얼거리며

사람들의 물결을

연어처럼 교묘히 비키고

거슬러오르며

그렇게 걸어간다.

"청춘?

사실 너희에게 그걸 통째로 넘겨주긴 아깝다고."

계속 중얼거리며.

"알랑가 몰라, 내 지나간 옛사랑이 이 42번가 코너를 돌 때

딱 이만큼에서 우연처럼 만나게 되어 있다고."
중얼거리며
마침내 우중충한 도시를
색칠해가기 시작한다.
부서지기 쉬운 게 인생이라지만
그래도 사랑은 힘이 센 것이라고 중얼거리며
그렇게 색칠해간다.
석양이 될 때까지
그렇게 사랑의 이야기로 색칠해가다가
이번에 들들들들
낡은 영사기를 돌려
이야기로 만들어 보여준다.
"청춘이라고 했나?
그것을 너희에게 통째로 넘겨주긴 아깝다니까.
내 사랑 이야기를 들어봐."
이 거리를 떠나간 연인을 소환하고
흘러간 이름들은 초혼招魂하여
하나씩 불러낸다.
예술의 벨 에포크, 그 시대의 파리를 오마주하며
마레 지구의 한 허름한 카페로
헤밍웨이, 피카소, 랭보, 피츠제럴드를 불러낸다.
"바보들아
사랑도 예술도 칠십쯤 돼야
그 경계가 보인다고,

아스라하고 푸르스름하고 보랏빛인 그 경계, 신비하잖아.

팔십이면 더 좋지.

더 아스라하고 더 몽롱해질 테니까.

그러니

책장을 넘기듯

내가 들려주는 사랑 이야기를 들어봐.

그것은 청춘의 불꽃이 아니고

일생에 걸쳐 일어나는 사건이야.

조용히 오래 타오르는 불길이라고.

과거와 현재, 우연과 농담을 섞어 내놓는

내 사랑의 레시피를 맛보기 전에는

함부로 사랑을 말하지 말라고.

그것도 뉴욕식 사랑,

영화 같은 사랑을."

극장과 영화관의 거리 브로드웨이를 걷다보면 뉴욕적인 너무나 뉴욕적인 한 노인과 그가 만든 영화가 생각난다. 아니 숫제 그의 영화 속으로 걸어들어가는 기분이다. 그의 영화 속 배경으로 뉴욕이 하도 많이 나와서 현실과 영화가 교차되는 까닭이리라.

우디 앨런. 질기게도 오래가는 영화의 장인. 문득 신문의 부고란 같은 것을 보며 '이제는 떠날 때가 되었지' 싶지만, 천만의 말씀이라는 듯 우디 앨런은 계속 신작을 만들어낸다. 그것도 새로 색칠한 청춘과 사랑 이야기만을 엮어서, 게다가 가끔은 생뚱맞게 직접 쓴 대본에 스스로 끼어들어 '감 놔라 배 놔라' 하며 옛사랑도 만나고 진지하게 인생을 이야기하다가 사라진다. 심지어 오래전 그 남성성이 탈각되어버린 것 같건만 때로는 연사戀事를 일으켜 세상을 놀라게 한다.

"거봐, 내가 뭐랬어. 사랑은 어느 한때의 불꽃이 아니라 일생에 걸쳐 일어나는 사건이고 불길이라니까"라고 말하는 것처럼. 사랑밖에 난 모른다는 식이다. 스스로 부도덕 사전에 등재될 만한 영화 아닌 현실 속 사건을 만들어내며, 그는 그렇게 영화와 현실 사이를 부지런히 들락거린다. 어찌 보면 노인인데 어찌 보면 철딱서니 없는 소년처럼, 그렇게 끊임없이 드나든다.

문제는 그가 만든 영화가 중독성이 있다는 사실이다. 심심한 듯 짭조름하고 무덤덤한 듯 파고들어온다. 끊임없이 이야기를 쏟아놓고 끼어들고 토라지고 사랑하고 헤어지고 후회하고 만나고 다시 헤어지고 한숨짓고 다시 사랑하며, 전화번호부 두께만한 책처럼 사랑 이야기를 쏟아놓는다. 그리고 그렇게 시작된 그 이야기를 끝도 없이 이어간다. 그러다 자칫 신파조로 흘러갈 듯한 경계에서 쿨하고 시크하게 이야기를 뒤집어 맛깔스러운 요리처럼 내놓는다.

우디 앨런 영화의 중독성은 바로 그 특유의 창작 레시피에 있다. 언젠가 먹어본 듯한 새콤달콤하면서도 시크한 요리. 포만감보다 혀의 미각을 섬기는 듯한 그만의 조리법에 있다. 또하나는 특유의 문학성. 영상을 통해 잘 쓴 단편소설집 한 권을 읽는 듯한 기분을 전해준다. 시각을 독특하게 문자화하는 까닭에 지루할 틈이 없다.

세상이, 아니 뉴욕이 너무 빠르게 변한다고 생각해서였을까. 그는 영사기를 거꾸로 돌리는 플래시백 기법을 즐겨 쓴다. 파리, 로마, 베네치아처럼 시간이 보다 느리게 흐르는 성싶은 도시를 찾아서 노마드처럼 옮겨다니지만 그러면서 철저하게 미국풍, 뉴욕식 사랑 영화를 만들어낸다. 뉴욕식 레디메이드에 유럽식 손맛을 담아낸다. 그리하여 심각하지 않으면서 무겁고, 깃털처럼 가벼우면서 찔끔 눈물도 한 방울 흘리게 만드는 그만의 스타일로 풀어낸다.

할리우드식 블록버스터의 홍수 속에서 신기료장수 노인처럼 한 땀한 땀 바느질하며 사랑 이야기를 엮어내는 이 영화 장인. 도시를 사랑으로 색칠해가는 우디 앨런 스타일의 사랑 이야기는 도대체 언제 그 막을 내릴까. 그의 영화에 빠져들다보면 문득 감독이 삼사십대의 푸르디푸른 청춘인 것 같다는 생각이 드는데 그것은 그의 지칠 줄 모르는 사

우디 앨런 영화처럼
사랑과 이별, 애욕과 슬픔의 몽타주를 우디 앨런은 쉼없이 뉴욕에서 그려낸다.

랑 버전 때문일 것이다.

사랑이야, 사랑이고말고, 오직 사랑, 사랑뿐이라니까. '사랑은 모든 것의 시작이고 끝이며 모든 것의 답이야'라고 말하는 듯한 그의 사랑 이야기. 아직도 이 도시 어디선가에서 시간의 물레를 자아올리듯 과거와 현재, 우연과 인연을 섞어 퍼즐처럼 그렇게 사랑 이야기를 만들어낸다. 번쩍거리고 흘러가는 이 뉴욕에서 시간의 이삭을 줍는 그런 노인이라니. 다만 이제는 부디 사랑과 관련한 끔찍한 사고만 치지 말기를. 우리네 인생도 사고치기에 너무 늦은 나이가 있기 때문이다.

어찌됐거나 스스로 즐기듯 논란과 비난의 복판으로 걸어들어가곤 하는 우디 앨런식 영화는 아직도 조용히 진행중이다.

시니컬한 뉴요커 우디 앨런의 영화세계

우디 앨런Woody Allen(1935~)은 뉴욕 브루클린 빈민가에서 태어났다. 본명은 앨런 스튜어트 코니스버그이나 열다섯 살 때 코미디 작가로 경력을 시작하며 우디 앨런으로 이름을 바꿨다. 코미디 작가뿐 아니라 직접 스탠딩 개그를 하며 이름을 알리다가 1965년 <고양이에게 무슨 일이?>로 영화제작에 입문해 1969년 <돈을 갖고 튀어라>로 정식 데뷔한다. 이후 정치 풍자 영화 <바나나>(1971), 철저한 뉴요커의 관점에서 뉴욕의 자화상을 그려낸 <맨해튼>(1979) 등을 발표하며 가벼움과 진지함, 로맨스와 코미디가 섞인 이른바 우디 앨런 스타일을 굳힌다.

영화감독뿐 아니라 시나리오 집필, 출연 등 다재다능함을 보이는 그는 뮤지컬 요소를 도입한 <에브리원 세즈 아이 러브 유>(1996)와 파리 예술의 벨 에포크 시대를 예찬한 <미드나잇 인 파리>(2011), 로마를 배경으로 한 <로마 위드 러브>(2012), 1930년대 할리우드와 뉴욕 배경의 <카페 소사이어티>(2016) 등을 내놓으며 여전히 활발히 활동하고 있다.

연인관계였던 미아 패로가 입양한 한국계 양녀 순이와 결혼을 하고 수양딸 성추행 논란이 불거지는 등 영화 외적으로 파행을 보이며 논란과 비난에 중심에 서기도 했다.

뉴욕,
　그곳은
　　바벨론인가

그가 지은 집.
그 집.
허영의 그물로 지붕을 하고
욕망으로 지어올린 집.
도시의 사막 위에 지어진 집.
어둠이 내리면
그 집을 빠져나와
새벽까지
도시를 뒤덮는
검은 날갯짓 하나.

꽃도 피지 않고
나비도 날지 않는

음험하게 숨겨진 시간 속에서
거미가 실을 자아올리듯
도시의 사막 위에 세워진
그 집.
허영과 욕망의 집.

내 생각에 영화 〈대부〉를 제외하고 알파치노의 연기가 가장 빛난 작품
은 〈데블스 에드버킷〉이 아닌가 싶다. 1997년에 제작된 이 영화는 그
당시 뉴욕을 배경으로 하는데 영화에서 뉴욕은 '장소' 이상의 의미를 지
니고 있다. 알파치노의 카리스마와 함께 이십오 년 전의 키아누 리브스
와 샤를리즈 테론이 그야말로 눈부신 선남선녀로 등장하는 영화이기도
하다.

 키아누 리브스가 그 역을 맡은 케빈 로맥스는 플로리다의 한 시골 출
신 신출내기 변호사다. 그는 연전연승의 실력으로 뉴욕 맨해튼의 유명
로펌사 밀턴 채드익 워터스의 회장 존 밀턴에게 스카우트 제의를 받는
다. 답답한 시골을 벗어나서 꿈의 맨해튼으로 옮겨갈 생각에 부인 메리
앤 로맥스는 들뜬다. 그러나 독실한 신자로 홀로 아들 케빈을 키운 어머
니 앨리스 로맥스는 뜻밖에도 이 부부의 뉴욕행을 반대한다. 영적인 관
점에서 보았을 때 뉴욕은 성서 속 악의 도성^{都城} 바벨론이라는 것. 그녀
의 눈에는 그 풍요와 부유함이 가져올 배반의 바람, 진동하는 썩은 내,
피난처 없이 내몰릴 삶, 거대한 악의 강^江, 그리고 화염이 보였다. 그렇
기에 아들 부부의 뉴욕행은 이리 소굴로 양을 들여보내는 일과 다름없
었다. 하지만 아직 신혼인 아들과 며느리는 그런 어머니의 강박적 기독

교 신앙에 넌더리를 내며 뉴욕행을 서두르고 그 뒷모습을 어머니는 다만 슬프게 바라본다. 악마의 손짓을 따라가는 아들과 며느리는 결국 그곳에서 길을 잃을 것이다. 그리고 다시는 내게 돌아오지 못할 것이다, 라는 예감을 안고 홀로 걸어갔던 세월의 들판을 다시 홀로 돌아온다.

어머니는 왜 그토록이나 아들과 며느리의 뉴욕행을 불안과 우수의 눈으로 바라보았을까. 그녀의 영적 눈에 비친 그 도시는 정말 썩은 내가 진동하는 사악한 곳이었을까. 그녀는 왜 뉴욕을 예레미야서에 나오는 큰 성 바벨론이라고 생각한 걸까. 어머니는 그곳으로 떠나는 아들과 며느리를 축복하는 대신 예레미야 선지자가 했던 말대로 "무너졌도다, 무너졌도다, 큰 성 바벨론이여"라며 울먹이는 목소리로 말한다.

예레미야 선지자 시절에는 세계의 중심이 바벨론이었다. 모든 사람이 풍요가 넘치는 바벨론을 선망하였지만 선지자는 그 큰 성이 곧 무너질 것이라고 예고한다. 세상에서 가장 번성한 문명을 거느린데다가 가장 견고한 성곽으로 둘러쳐진 바벨론이 무너지고 망한다니. 햇빛 쨍한 날 곧 우박이 퍼부을 것이라는 말만큼이나 현실성 없었지만 결국 선지자의 예언대로 고레스라는 왕에게 정복되면서 바벨론은 그 명운을 다한다.

"사자가 요단의 깊은 숲에서 나타나듯이" 고레스의 군대는 갑자기 출몰해 바벨론을 쳤고 결국 견고하고 부유하던 큰 성 바벨론은 속절없이 무너져내린다. 그 누구도 거스르거나 피해 갈 수 없는 하나님의 예언이 실현된 것이다. 그 바벨론처럼 망할 뉴욕으로 떠나는 아들과 며느리를 바라보며 어머니는 "내 백성아 거기서 나와 그의 죄에 참여하지 말고 그가 받을 재앙을 받지 말라" 하는 요한계시록 구절을 떠올리지만 소용없는 일이었다.

욕망으로 지어올린 뉴욕

뉴욕은 바벨론처럼 위태로운 도시다.

어머니가 생각하는 '그의 죄' '그가 받을 재앙'에서 '그'는 한때 연인이었던 존 밀턴 회장이었고 '그가 받을 재앙'은 바로 그 밀턴이 들어갈 '지옥 불'이었다. 아주 오래전 뉴욕에서 하녀로 일했던 그녀가 존 밀턴과 육체관계를 맺었고 거기서 태어난 아들이 바로 케빈이었던 것. 결국 케빈을 놓고 선과 악, 하나님과 악마가 대결하는 형국인데 그 현장이 바로 뉴욕 중에서도 맨해튼이었다. 이 영화에서 알파치노의 폭발적인 연기는 실로 압권이었다. 1972년 〈대부〉에서 앳된 귀공자풍으로 나왔던 알파치노는 이십여 년이 지난 후 〈데블스 에드버킷〉에서 무르익은 절정의 연기를 보여준다.

말런 브랜도는 〈대부〉를 함께 촬영할 당시 신인배우 알파치노를 두고 "미국뿐 아니라 세계 최고의 배우가 될 것이다"라고 자신의 견해를 피력했다. 자신이 다른 배우를 쉽게 칭찬하는 사람이 아니라는 말과 함께. 그리고 그 예언은 곧 현실이 되었다. 느와르 영화의 상징적 인물이 된 알파치노는 〈데블스 에드버킷〉에서 다중인격 연기를 그야말로 신들린 듯 해내는데 다만 이 영화가 크게 흥행하지 못해 그의 연기가 묻힌 것이 아쉽다.

영화에서 뉴욕은 잿빛으로 혹은 화려함을 극한 색채로 나온다. 숨쉴 틈 없이 몰아치는 경쟁 구도 속에서 번뜩이는 살의와 위선과 음모가 춤을 춘다. 그리고 그 속에서 음지식물 같은 케빈 부부는 점점 시들어간다. 영혼의 집은 흔들리고 육체 또한 피폐해져간다. 흰 구름이 떠가는 풀잎을 지나온 바람이 코끝을 간지럽히는, 자신들이 떠나왔던 곳을 그리워하지만 생각일 뿐이다. 이미 맨해튼의 삶에 중독된 그들은 밀턴에게서 벗어날 수가 없다. 상처 입은 두 마리 짐승처럼 서로의 상처를 핥아주며 그렇게 뉴욕의 삶을 버텨내는 것이다.

타오르는 욕망의 중심지

뉴욕은 세계 금융의 중심지이기도 하다. 맨해튼섬 남부에 위치한 월스트리트의 모습은 뉴스 등에도 자주 등장해 우리에게 익숙하다. 17세기 미국 대륙으로 건너온 네덜란드인들이 이 지역에 자리를 잡고 아메리카 원주민과 모피나 곡물 거래를 하면서 금융의 중심지로서 역사가 시작됐다. 뉴욕 증권거래소를 비롯해 연방 준비 은행, 각종 금융 기관과 시청, 연방 법원 등이 월스트리트에 모여 있어 세계 경제를 이끌고 있다. 많은 돈이 모이기도 하지만 끝이 보이지 않을 정도로 높게 솟아오른 고층건물의 스카이라인을 쳐다보면 인간의 욕망이 절로 느껴진다.

성공을 꿈꾸며 뉴욕으로 온 <데블스 에드버킷> 속 케빈도 그렇지만 <위대한 개츠비> 같은 작품이나 실화를 바탕으로 한 영화 <더 울프 오브 월스트리트>를 봐도 이글대는 욕망을 품고 화려한 뉴욕에서 살아가는 이들의 모습이 생생히 전해진다.

초록의 오아시스,
센트럴파크

자고 나면 건물들은
누가누가 높은가
하늘까지 닿을 듯 올라가지만
그 상승의 갈망은
늘 목이 말라.
구름과 가까워질수록
땅과는 멀어지는 것이니까.
하지만 끔찍한 그 사건 이후로는
절망과 고통을 배운 건축
비로소 그 시선을 아래로 향하기 시작했지.
공중 다리 하이라인에는
더 많은 초록이 보이고
새롭게 들어선 '더 셰드'는 올라가기를 포기하고

눈높이를 한껏 낮추었어.
눈높이를 낮추면
나무도 보이겠지.
졸졸 흐르는 물소리도 들릴 거야.

뉴욕이 뉴욕인 것은
그 많은 박물관, 미술관, 공연장이
결코 그 자리를 비켜주지 않고
세월과 싸워 이기며
예술품을 빛내고 예술가들과 함께 있었다는
바로 그 점 때문이야.
하지만 사람이나 건물이나 숨쉬는 생물.
이 도시에 센트럴파크라는 허파가 없었던들
도시는 오래전 사막이 되고
사람들은 『호밀밭의 파수꾼』 속 홀든처럼
머리가 반백이 된 우울한 소년으로 자랐을지도 몰라.
박물관도 밤이면 무덤이 되었을걸.

센트럴파크,
뉴욕 오아시스.
오솔길이 있고
빗방울에 잎사귀가 흔들리고
물이 흐르는 이곳.
밤이면 별이 뜨고

그 별밤을 산책할 수 있는 곳.
이민자들이 외롭고 쓸쓸한 날들을
찾아와 홀로 견딜 수 있는 곳.
햇빛을 받고
대기를 숨쉬어
다시 힘을 내어 걸어나갈 수 있게 하는 곳
뉴욕 오아시스.

상승하려다 추락하여 얻은 상처
온갖 상실을
늙은 나무들은
괜찮아 괜찮아
쓸어내주잖아.

도시라는 사막.
모래의 사람들.
가난도 굴욕도 떠나간 사랑도
소복하게 내리는 흰 눈 속에 잊히는 곳.
도시의 불빛들도
이 숨쉬는 오아시스가 있어
저렇게 반짝일 수 있는 것이야.

여기에 와서, 먼 하늘을 보면
문득 도시의 현자賢者가 된 느낌.

삶의 매 순간이
그 알갱이까지 만져질 것만 같지.
행복일랑 뒤로 미루는
나쁜 습관도 버려질 것 같아.
브로드웨이에 가도
메츠에 가도
이런 느낌은 없어.

이 거대 도시의 허파
센트럴파크.
큰 나무 아래에서
하늘의 먼 별을 헤아려야
알 수 있는 것.
그러니 하릴없이
벤치에 앉아 시간이나 죽인다고 말하면 안 돼.

저 도심의 시간은
만들어진 것.
그들이 숨쉴 수 있는 것은 제한된 공간에서뿐이야.
막힘없이 흐르는 나무의 시간으로 옮겨와봐.
영혼을 쉴 수 있는 그 그늘 아래로.

첼시의 화랑을 한나절 넘게 둘러보고 걸어가는데 백 년도 넘었다는 그 유명한 '뉴욕 스테이크'가 지척인 어느 모퉁이에서 긴 머리칼의 한 청년이 홀로 기타를 뜯으며 흥얼거리고 있다. 빌딩에 막혀 바람도 한쪽으로만 불어오는 어둑한 곳이다. 지글지글 들끓는 이 욕망의 도시 한켠에 이런 그늘이 있구나 싶다. 저 순한 짐승의 눈을 한 청년은 언제, 어디에서 이곳으로 흘러들었을까. 어떤 꿈을 꾸며 이 도시를 찾아온 것일까.

적어도 십 년 이상을 살면서 백 년 이상 된 고독을 견뎌야 적응된다는 도시 뉴욕. 가끔은 이 도시가 아무리 밤을 지워버리고 환하게 불을 켠대도 그 밤하늘을 음산하게 우는 까마귀떼처럼 떠도는 듯할 때가 있다.

아무리 많은 박물관, 미술관, 공연장이 있고 수많은 예술가와 억만장자가 이곳에 산다 해도 센트럴파크와 허드슨강이 없었다면, 그 허파와 생명의 젖줄이 없었다면, 뉴욕은 그냥 불 켜진 사막의 도시일 뻔했다. 그래서 이 도시에 사는 사람들은 하루에 한 번쯤은 밀레의 그림 속 사람들처럼 센트럴파크 쪽을 향해 고개 숙여 마땅하지 않을까 싶다.

비행 때문에 시차가 바뀐 탓이겠지만 자유의 도시라는 뉴욕에 도착

밤의 센트럴파크
빌딩을 거느린 드넓은 푸른 숲의 공원 센트럴파크는 뉴욕의 허파이고 심장이다.

하면 왠지 온갖 게 불편한 다른 세상에 온 것 같다. 대개 그 첫날 밤부터 뒤숭숭하고 편치가 않다. 창밖으로 불빛이 빛날수록 이상하게도 지난날 슬픔과 아픔의 기억만 선명해진다. 수면 리듬은 형편없이 흐트러지고 감정과 생각은 두서없이 헝클어진다. 밤이면 고요히 책이라도 읽고 싶건만, 외로움마저 잘 안 된다. 창밖 도시는 소리와 풍경이 섞이며 영상처럼 흘러가는데 나는 그저 그 풍경을 바라볼 뿐인 이방인이다.

그럼에도 불구하고 왜 이 도시를 찾는가. 그리고 찾아와서는 왜 매번 섬처럼 홀로인가. 그럴 때 내가 가는 곳은 센트럴파크. 봄, 여름, 가을, 겨울, 그곳의 안부를 묻는다. 겨드랑이 사이로 어느새 지나가버린 많은 세월. 그래도 이곳에 와서 육체를 기댈 수 있는 늙은 나무가 있고 포근한 저녁의 석양을 바라보며 부드럽게 내리는 눈을 맞을 수 있어서 얼마나 다행인가. 그래서 내게 센트럴파크는 길 잃은 행성의 정거장 같은 곳이다.

위대한 유산, 센트럴파크

파리의 불로뉴숲, 런던의 하이드파크가 도시의 허파를 담당하듯 뉴욕 하면 센트럴파크를 빼놓을 수 없다.

뉴욕 맨해튼에 위치한 센트럴파크는 남북 4.1킬로미터, 동서 0.83킬로미터로 총 101만 평 정도 되는 큰 공원이다. 현재는 맨해튼 중심부에 위치하지만 1850년대 공원 계획이 시작되었을 때만 해도 인구 밀도가 낮고, 습지와 바위 언덕 사이에 작은 농장, 공업용지, 주거용지 등이 자리한 지역이었다. 뉴욕 맨해튼이 급격히 도시화되면서 업무나 주거환경의 질이 저하돼 공원녹지 공간의 필요성이 대두되었다. 이에 뉴욕시에서 공원계획안을 공모해 조경가 프레더릭 로옴스테드와 건축가 캘버트 보의 안으로 센트럴파크를 만들었다. 1963년에는 미국 역사 기념물로, 1966년에는 국가 사적지로 지정되었다. 현재 연간 4200만 명이 방문할 정도로 미국 내에서 사람들이 가장 많이 찾는 도시공원이다.

101만 평의 장방형 부지에 숲이 16만 평, 연못 및 저수지가 18만 평, 잔디밭이 30만 평 등이나 다양한 시설도 갖춰져 도심 속 휴식 공간으로도 인기가 많다. 프랑스, 영국, 이탈리아 양식이 혼합된 컨서버토리 가든, 가수 존 레넌을 기념하는 스트로베리 필즈, 야외 원형극장 델라코트 극장, 매년 여름 뉴욕 필하모닉 오케스트라와 메트로폴리탄 오페라 공연이 열리는 그레이트 론, 아이스링크, 동물원 등 다양한 볼거리를 즐기며 여러 갈래의 산책로를 걸을 수 있다. 당연히 센트럴파크 주변 고급 아파트의 가격은 천문학적인 수준.

금싸라기 땅 뉴욕에서도 심장부에 위치한 이 공원이야말로 위대한 유산이 아닐 수 없다. 정치와 경제, 미디어와 패션과 예술, 그리고 문화의 세계 수도 뉴욕을 뉴욕답게 만드는 센트럴파크. 사철 그 색채를 달리하며 생명을 노래하는, 살아 있는 자연박물관이다.

센트럴파크
홈페이지: https://www.centralparknyc.org/

담벼락에서
　몬드리안까지

햇빛 쏟아지는 날은

몬드리안의 각도로 유리창 쪽 탁자에 앉아서

그의 그림 〈브로드웨이 부기우기〉 속으로 들어가봐.

햇빛에 굴절되어

피카소의 그림처럼 마주보며 울고 웃는 사람들을 바라봐.

여기는 뉴욕.

마르셀 뒤샹은 유리 예찬자가 되었고

몬드리안은 그 유리에 색깔로 액자를 끼웠지.

그 위에 무화無化된 서사와 풍경을 그려내었어.

텅빈 백白을 그린 거지.

사연이 너무 많아 차마 아무것도 그릴 수 없었는지 몰라.

뒤샹이나 몬드리안의 화술畵術로는

유리나 철이 도시라는 캔버스 위의 물감일 수도 있었을 게야.

뉴욕은 다정함과 따뜻함, 낙관과 희망에 늘 인색해.
그 대신 긴장과 반복, 억압과 냉담이 지배하려들지.
그래서 그 도시엔 유리가 제격이야.
관계와 관계 사이에 쿨한 줄긋기를 하잖아.
외로워서 모이는 것이 이 거대 도시이지만
사람들이 한사코 유리창 쪽으로
탁자를 가까이 가져가려는 것도
그 외로움 때문이지만
그러나 타인 지옥은 싫어.
유리는 차라리 홀로 있고 싶은 분열된 이고의 투사야.
자신은 한쪽만을 비추면서
타자의 형상은 모두 들여다보고 싶지.

벗기우는 자와 한사코 숨으려는 자의 이중주가 이루어지는 곳,
유리.
그리고 그 유리에 의해 무한 확산되는 이 도시의 공간과 각도.
그래서 뒤샹이나 몬드리안은 유리와 색으로
책을 써내려간 철학자야.
거기에 비하면 워홀은
차라리 패션 일러스트에 가깝지.
그의 스승은
길거리 담벼락의 가난한 그라피티 화가가 아니었을까.
그는 유명인의 초상화를 컬러 프린트처럼 마구 찍어내
달러를 벌어들였지만 그가 이루어낸 것은

참을 수 없이 가벼운 미국 미술을 만들기였어.

그리고 그것이야말로 뉴욕 스타일이라고 사람들은 열광했지.

한밤중 천공天空에서 보면

환하게 불 켜진 혹성 같은 도시.

별빛마저 지워내며

뜨거운 발광체로 타오르지만

그 욕망의 도시는 사실 얼음처럼 차가운 유리의 성이야.

그런데 미술가들은 이 도시에 무수한 색채를 입히고

사각斜角의 선들과 빛의 파장을 만들어 열 배나 확장시켜놓았어.

그 끝없이 변하는 구도 속에서

아침에 사랑하고 저녁에 헤어져도 여한이 없지.

포옹하고 악수하고

그리워하다가

그러다 유리처럼 깨어진다 해도

미련 없이 돌아서는 것.

그것이 바로 뉴욕식 사랑이야.

1913년 2월 어느 날, 춥고 을씨년스러운 뉴욕의 한 부대 병기고兵器庫에서 유럽의 현대 미술이 대대적으로 소개된다. 인상주의와 큐비즘, 포비즘을 망라한 이 전시는 스캔들과 화제로 만발했다. 우선 전통적 미술관이 아닌 병기고에서 열린 것부터가 파격적이었던 이 전시회 〈아머리쇼 Amory Show〉가 불러온 파장은 컸다. 그후 뉴욕은 현대 미술의 새로운 성지가 된다.

뉴욕에서 현대 미술은 유럽풍의 문학성 짙은 아카데미즘과 결별하고 소위 아메리카니즘이라고 부를 만한 팝적 요소로 질주하게 됐다. 지난 시대에는 미술과 문학의 아름다운 동행이 있었다. 알베르토 자코메티가 장폴 사르트르를 만나면서 실존의 고독을 더 깊이 응시하게 되고 아메데오 모딜리아니는 장 콕토를, 폴 세잔은 에밀 졸라를, 클로드 모네는 가스통 바슐라르를 만나면서 그 미의식의 세계가 한결 깊어졌다고 한다면 뉴욕풍 미술은 마크 제이콥스와 구사마 야요이의 관계로 볼 수 있듯이 특히 미술과 패션이 역동적으로 교류한다는 게 특징이다. 패션 디자이너들은 몬드리안이나 잭슨 폴록, 앤디 워홀과 로버트 라우션버그 등의 뉴욕의 화가들에게 많은 영감을 받고, 화가들은 각종 섬유 등의 재료를 많이 사용하면서 패션계와 활발히 교류한다. 무엇보다 엄청

밤의 뉴욕
빌딩의 철골과 유리가 빚어내는 무수한 공간상의 선과 파장은 미술가들에게는 영감의 원천이다. 밤의 별처럼 미술가들이 모여드는 뉴욕은 현대 미술의 수도다.

난 자본 시장이 그런 활발한 교류의 원동력이 되고 있다.

이후 뉴욕 미술은 장소를 옮겨다니며 꽃을 피우는데 화가 입장에서 보았을 때 뉴욕은 그 자체가 하나의 설치 미술 작품 같다. 하늘을 찌르는 건물이 만들어내는 온갖 사선과 각도는 아방가르드 예술가로 하여금 끊임없이 미술의 앙시앵레짐을 허물고 싶은 욕망을 일으키기에, 현장 미술의 흐름과 그 맥박을 확인하기 위해서 오늘도 세계 각지에서 수많은 미술학도가 이 도시로 몰려든다.

그런가 하면 길거리의 아우성 같은 그라피티부터 수백만 달러를 호가하는 그림까지 미술품은 그 가격 층이 두텁고 그 가치를 가차없이 금융의 셈법으로 산출해낸다. '금융가치와 예술가치가 일치할 수 있는가' 같은 의문 따위는 전혀 안중에 없다. 하지만 마천루처럼 한없이 상승하고 싶은 욕망에 등 떠밀려 이 도시를 찾는 예술가 중에는 상승보다는 추락의 지옥을 맛보는 경우가 허다하다. 장미셸 바스키아나 앤디 워홀을 꿈꾸고 오지만 이 도시는 그들에게 호락호락 문을 열어주지 않는다. 그 대신 무수한 희망과 좌절의 회랑을 돌게 한다.

많은 수의 화랑이 밀집한 첼시에서는 끊임없이 다양한 전시회가 열리고 엄청난 금액의 미술품이 거래된다. 고전에서 현대 미술에 이르기까지 연중무휴로 온갖 전시회가 열린다는 것도 뉴욕의 매력이다. 몇 년 전 내 개인전이 열렸던 첼시의 한 빌딩은 건물 전체가 화랑이었다. 그 옆 빌딩도 그러했고 그 옆도 마찬가지. 그 빌딩가의 화랑을 수많은 사람들이 순례자처럼 떼로 오르내려 벌린 입이 다물어지지 않을 정도였다.

지금은 패션가로 바뀌었지만 옛날의 첼시에도 화랑가가 밀집해 있었다. 그중 메리분이라는 유명한 갤러리가 기억난다. 1990년대 초 어느 여름에 들렀을 때 거기에서 안젤름 키퍼의 전시가 열리고 있었다. 마치 트랙터로 밭을 갈아엎는 것 같은 화면이 신선한 충격으로 다가왔다. 그리고 키스 해링, 장미셸 바스키아의 작품도 보였는데 얼마 지나지 않아 그들의 작품은 천정부지로 값이 뛰어올랐다. 이 같은 폭발성이 많은 신진 작가를 설레게 만든다. 혼란과 소음과 무질서의 도시 뉴욕이, 어찌 보면 창작의 본능에 불을 지피는 셈이다.

다국적 군단, 뉴욕의 미술가들

실로 다양한 인종과 장르의 미술가가 뉴욕에서 활동중이다. 재스퍼 존스와 로버트 라우션버그, 장미셸 바스키아, 앤디 워홀, 로이 릭턴스타인처럼 미국 태생의 예술가도 많지만 뉴욕을 주무대로 활동했던 현대 미술계 스타 중에는 피터르 몬드리안이나 마르셀 뒤샹처럼 미국으로 건너온 외국인도 많다. 이사무 노구치나 구사마 야요이처럼 일본계이거나 일본인 경우도 있고 중국 출신의 작가 아이웨이웨이 등 헤아릴 수 없이 많은 세계인이 뉴욕을 무대로 삼았다.

'여기까지가 미술'이라고 한계를 짓지 않기에 많은 미술가가 뉴욕에 매혹되는 게 아닐까. 거기에 수많은 갤러리와 미술관 그리고 '자본의 꽃'이라는 철저한 시장 논리까지 더해져, 뉴욕에서 알려지는 순간 세계적으로 이름을 알린다는 점에 많은 예술가의 발길이 이어진다.

낮에도 뜨는
별들의 집

떠나갔던 별들이
모두 이곳으로 흘러들었다.
그리하여 제각기
한 생生의 이야기를 풀어놓는다.
초록과 보라와
침묵의 까망으로,
그리고 울부짖는 빨강으로.
문제의 도시 뉴욕은
그럼에도 불구하고
그렇게 지상의 뭇별들을
이곳으로 불러모아
낮에도 떠오르게 하였으니,
네 계절이 다해도

지지 않는
꽃의 정원들을 만들었으니,
장하다 아니할 수 없구나.

인상파는 저멀리 프로방스와 지베르니에서
낮 동안 그들이 보았던
부서지는 보석 알갱이 같은
빛들을 고이 모아
무덤같이 어두운 이 집들을
환히 비추고 있고,
차마 언어로는 표현할 수 없어 시가 되지 못한 채
마음속의 근원을 찾아 길 떠나는 나그네처럼,
추상표현주의는 여인이 한 많은 머리칼을 풀어헤치듯
알아들을 수 없는 말을 웅얼거리며
그렇게 담아낸 거친 호흡의
붓질들을 또한
이곳으로들 얌전히 불러모아들였구나.

잘못 지어진 집처럼,
그렇지
우리네 인생살이며 삶의 풍경이라는 것이
원래 삐딱하게 지어진
집 한 채 같은 것이었으니
입체주의라는 것은

그 삐딱한 한 모서리에 대고
쾅쾅 못질을 해서 문패 달아놓은 것.
그에 비하면 그리스의 부드럽고 우아한 여체는
차라리 슬퍼서
눈물겹게 슬퍼서
그 환영을 붙잡아
이탈리아의 카라라의 굳은 돌로라도
새겨놓고 싶었던 것 아니었을까.
그러고 보면
이 세상의 모든 그림과 조각은
흘러가며 남겨지는 안타까운 시간의 그림자.
덧없는 마음의 이정표.
육체가 우주 저편으로 사라지기 전
신으로부터 부여받은 한순간의 축복을
한입 가득 물었다가
뿜어낸 무지개.
혹은 저주 같은 축복으로
쏟아놓은 피 한 사발.

미술의 '벨 에포크'는 파리 시대로 종결되었다. 아름답기는 하지만 파리는 과거의 도시. 아우성 같은 현대 미술을 다 담아내기는 무리였을 것이다. 미술의 수도는 그렇게 파리에서 속절없이 뉴욕으로 옮겨졌다.

이 세상 미술가들의 신화와 전설이 모여들었던 파리로부터 신생 제국의 도시 뉴욕이 새로운 미술 수도로 바통을 넘겨받았다. 그리고 그 전진기지가 된 것이 메트로폴리탄 미술관, 뉴욕 현대 미술관 그리고 구겐하임 미술관이었다. 파리의 루브르 박물관과 오르세 미술관, 퐁피두센터며 오랑주리 미술관에 필적할 만한 내용과 규모를 갖추면서 단번에 뉴욕은 미술의 명품 도시가 되었다.

그러고 보면 결국 세계적인 도시가 되려면 세계적인 미술관을 두고 있어야 한다. 미술관 없는 도시는 어쩌면 사막과 같아서 사람들의 발걸음이 오래 머물지 못하기 때문이다. 적어도 2박 3일쯤 작심하고 봐야 할 정도의 미술관과 미술품이 뒷받침되어야 도시는 비로소 실력을 갖추게 된다. 그렇게 몇 날 며칠을 봐서 눈의 호사와 탐식도 시들해질 정도가 되어야 한다.

고요히 미美의 물결을 몰아오고 파도를 일으킬 만한 매력적인 예술 도시, 그곳이 사람들을 구름떼처럼 불러모으는 도시가 된다.

미술관에서의 사랑
미의 물결이 이어지는 매력적인 명작의 전당.

그런 점에서 뉴욕은 다른 제삼의 도시가 필적하기 어려운 도시이기도 하다. 뉴욕이 일찍부터 미술의 성채를 쌓아올린 과정은 높은 빌딩 수백 개를 짓는 것보다 더 아우라를 내뿜는 시간이었다. 자칫하면 며칠 머무르며 거래하고 흩어지는 금융 도시로 그칠 뻔했던 뉴욕은 세상의 모든 예술이 흘러드는 통로가 됨으로써 그 문화적 저력이 생겨났다. 특히 미술에 있어서 더 그렇다. 파리에 가면 으레 루브르 박물관이나 퐁피두 센터에 들렀다 오는 것처럼 이제는 뉴욕에 가면 주마간산일지라도 세 군데 미술관쯤은 보고 와야 한다고 생각하기에 이르렀다.

약칭 '메츠'로 불리는 메트로폴리탄과 '모마'로 더 많이 불리는 뉴욕 현대 미술관, 그리고 이 세상 모든 구겐하임 미술관의 원조 격인 뉴욕 구겐하임 미술관. 사실 이 세 군데를 건성건성으로나마 둘러보지 못한다면 뉴욕은 반만 보는 꼴이 될 만큼, 그 안의 컬렉션은 인류사의 보석이라 할 만하다. 미국의 힘, 아니 자본의 힘이라고 할까. 세계의 명작들을 참 많이도 끌어모았구나 싶다. 메츠의 계단 앞에 앉아 있는 사람들을 신호등에서 보면서 '저 건물이 바로 뉴욕의 가벼움과 즉물성을 견인하는 힘이구나' 감탄한다. 돈만 많은 도시가 아니라 최고의 예술과 문화를 거느린 도시라는 명성을 낳게 하는 것이다.

구겐하임의 둥근 벽을 감아 돌 때는, 바로 이곳이었지 싶다. 1959년 이제는 까마득한 그 옛날에 화가들을 아연실색하게 했던 곳. 건축가 프랭크 로이드 라이트는 평면의 벽을 화가들에게 헌정하는 대신 둥글게 감아올려버림으로써 건축가의 독재에 불을 댕긴 사람이라고 할 수 있다. 이후 건축가의 폭주가 시작되었고 미술관은 결국 건축가의 이름으로 남겨지게 된다.

빌바오 구겐하임 미술관은 해체주의 건축가 프랭크 게리의 이름으로, 퐁피두 센터는 렌초 피아노와 리처드 로저스의 이름으로, 그리고 서울대 미술관은 렘 콜하스의 이름으로. 제아무리 미술사의 빛나는 별이라 할지라도 순한 양이 되어 그들이 만든 공간 안에 때로는 무덤 속 부장품처럼 얌전히 놓여야 한다. 건축가의 상상력이 파격적일수록 세상은 열광하지만 거기 내걸린 작품들은 마냥 다 행복해할 것 같지는 않다. 모네의 〈수련〉은 안도 다다오의 나오시마 지추 미술관 지하로 깊숙하게 하관下棺하듯 내려가야 했고, 기 센 피카소도 별수없이 화력발전소 굴뚝이 솟아 있는 테이트모던 앞에 무릎을 꿇어야 했다.

그뿐인가. 우아하고 아름다운 드가의 무희들마저 퐁피두 센터에 내걸릴 때는 그 차고 날카로운 파이프의 금속성을 견뎌야 한다. 그럼에도 불구하고 미술관과 작품은 지상의 꽃이다. 그들의 상상력은 지루하고 재미없는 세상에 불을 지른다. 바쁘고 고달픈 여정에서도 그곳을 우리가 들러야 할 길목으로 여기는 이유이다.

뮤지엄 마일을 거닐다

맨해튼 5번가 부근 어퍼이스트사이드 82번가에서 105번가에 이르는 지역에는 메트로폴리탄 미술관, 구겐하임 미술관을 비롯해 휘트니 미술관, 쿠퍼 휴잇 국립 디자인 박물관, 바리오 박물관, 노이에 갤러리, 프릭 컬렉션 등이 모여 있다. 이에 일 년에 하루 뮤지엄 마일 축제를 열어 주변 대로를 막아 차량을 통제하고 박물관을 무료로 개방한다. 이 외에도 뉴욕 곳곳에 백여 개 이상의 미술관이 자리해 미술의 도시라 해도 과언이 아니다. 뉴욕의 수많은 미술관 중 대표주자를 꼽자면 역시 메트로폴리탄 미술관, 구겐하임 미술관, 뉴욕 현대 미술관이다.

구겐하임 미술관은 1959년 미국 철강계의 거물이자 자선사업가인 솔로몬 R. 구겐하임이 수집한 현대 미술품을 기반으로 설립된 미술관이다. 구겐하임재단은 뉴욕뿐 아니라 빌바오, 두바이, 상하이 등 세계 여러 도시에 분관이 있으나 이중 프랭크 로이드 라이트가 설계한 뉴욕 구겐하임 미술관이 가장 역사가 오래됐다. 기존의 전시 공간에 대한 통념을 깨고 나선형 통로를 따라 관람하도록 설계된 점도 독특하지만 피카소의 초기작을 비롯해 폴록, 샤갈, 칸딘스키 등의 작품이 전시되어 공간과의 조화를 이룬다.

1929년 미국의 대부호인 록펠러 2세의 부인과 지인들이 모여 설립한 뉴욕 현대 미술관은 세계에서 가장 큰 현대 미술관으로 꼽힌다. 지난 150년의 미술사를 망라한 약 20만 점의 작품을 소장하고 있다. 앤디 워홀의 <캠벨 수프 캔>,

피카소의 <아비뇽의 여인들> <게르니카> 등 20세기 거장들의 작품을 다양하게 만날 수 있다.

　1866년 파리에서 미국의 독립기념일을 축하하는 식사 자리가 열렸는데 여기서 미국에 국립 미술관을 세우자는 의견이 처음으로 나왔다. 이 계획을 구체화해 1870년 뉴욕주는 메트로폴리탄 미술관이라는 기관의 창립을 공식 발표했다. 처음에는 건물도 소장품도 없는 서류상 미술관이었으나 대중의 기부를 통해 1872년 옛 무용학교 건물에 임시로 문을 연 뒤 몇 차례 이사를 거쳐 1880년부터 현재 자리를 지키고 있다. 메트로폴리탄 미술관은 상설 전시물뿐 아니라 다양한 특별전을 통해 회화, 조각, 드로잉, 장식 미술 등 엄청난 수의 소장품을 선보여 연 700만 명 이상의 관람객이 이곳을 찾는다.

구겐하임 미술관
주소: 1071 5th Avenue, New York, NY 10128
홈페이지: https://www.guggenheim.org/

뉴욕 현대 미술관
주소: 11 West 53rd Street, New York City, NY 10019-5401
홈페이지: https://www.moma.org/

메트로폴리탄 미술관
주소: 1000 5th Avenue, New York, NY 10028
홈페이지: https://www.metmuseum.org/

갈까마귀떼
속으로

애너벨리.
몰려오는 어두움의 무게를 이길 수가 없구나.
나를 이 산소 없는 밤에서 꺼내줘.
한 줌 햇빛도 들어오지 않는
이 북향집.
어둡고 습기 찬 이곳.
달도 없는 한밤중
갈까마귀는 하늘을 메우고
저것 봐
죽음의 검은 그림자는
하얗게 웃으며 기지개를 켜는군.

애너벨리.

나는 밤이면 할렘의 바에서 홀로 마시며
발밑까지 밀려온 해일을 보지.
허드슨강이 허옇게 뒤집혀서
우리가 함께 오르던 계단까지 차올랐어.
그 언덕배기 집.
자꾸만 빗나가는
현관 열쇠.
당신 없이 나 홀로
열 수 있을까.
하지만 연다 한들
이미 집은 둥둥 떠내려가고 없겠지.
책도 떠내려가.
원고도 떠내려가.
달도 떠내려가.
모든 것이 그렇게 떠내려가.

어젯밤에도 할렘의 바, 흑인 조는 껄껄거리며
자꾸 내게 독한 술을 부어주더군.
어이 작가 선생,
이걸로 추위를 이겨봐.
그러고 나면 외로움도 이길 수 있겠지.
껄껄 웃으면서 그렇게.
하지만 당신도 알잖아.
그 독한 술로는 아무것도 이길 수 없다는 것.

그 말간 액체에
더는 굴복하기 싫어.
이제는 불끈 일어서서
한 번쯤 손을 펴고
나도 손끝에서
수만 송이 꽃을 피워 날리고 싶어.
문학은 내장 깊숙이 들어온 칼처럼
나를 헤집고
하염없이 붉은 피를 쏟게 했어.

애너벨리.
그럼에도 불구하고
골고다처럼 그 짐을 지고
나는 떨리는 손으로 다시 써보려 해.
저 악마처럼 울어대는 갈까마귀떼만 쫓아준다면
대낮에도 내 창에 가득 달라붙어
울어대는 그것들.
그래도 지지 않고
이 도시의 어두움에 대해 기록해야 돼.
하지만 펜이 내 손을 빠져나가고
종이는 천장으로 날아다니는군.
낄낄대며
마티니를 물처럼 부어준
조 녀석 때문이야.

애너벨리,

손 내밀어 나를 잡아줘.

그 손에 의지해 다시 쓸 수 있도록 해줘.

아, 새벽 동이 터오는군.

할렘 쪽일까.

들어봐, 성가의 합창 소리가 들려.

함께 들어봐, 거룩한 이 밤.

애너벨리,

나의 누이,

나의 사랑이여.

뉴욕 시내를 걷다가 길거리의 지식인 부랑자나 알코올에 비틀거리며 걷는 사내를 볼 때면, 문득 이 도시에서 문학이라는 바람벽에 기대어 사십 년을 버티다가 사라져간 불행한 한 남자가 생각난다. '사악한 천재' '저주받은 작가'…… 에드거 앨런 포에 따라붙는 명칭들이다.

그의 생애를 들여다보면 그야말로 악마가 낄낄 웃으며 '모든 불행을 그대에게'라며 몰아주는 듯하다. 유랑극단 배우였던 아버지가 그의 나이 한 살에 가출하고 다음해 어머니마저 돌아가시면서 예고된 불행은 세금 고지서처럼 날아든다.

부유한 담배 사업자 존 앨런에게 입양되지만 대학 시절 도박빚 때문에 양부와 의절한다. 그후 고모집에 얹혀살다가 나이 어린 조카를 사랑하게 되어 그녀 나이 겨우 열네 살, 포의 나이 스물일곱 살 때 결혼을 한다. 신부의 나이를 속여서 혼인 신고를 한 것. 두 사람은 상처 입은 두 마리 새끼 원숭이처럼 서로의 아픈 곳을 핥아주며 지냈지만 나이 어린 아내는 결핵으로 스물넷의 나이에 죽고 만다. 다시 홀로 내팽개쳐진 삶.

시, 소설, 평론에 잡지사 편집자까지 닥치는 대로 일을 해도 글 쓰는 일은 일용 노동자 이상의 돈벌이가 되지 못했다. 게다가 한 푼이라도

에드거 앨런 포, 어두운 영혼의 기록자
에드거 앨런 포는 불운했던 자기 삶과 문학적 상상력을 작품에 오버랩했다.

생기면 바로 술집으로 향했다. 알코올에 단단히 중독된 것. 평생 그는 도박과 알코올에 발목 잡혀 빠져나오려고 사투를 벌였지만 번번이 실패한다. 그러한 취생몽사의 와중에서 음산하고 기괴한 분위기의 글을 써내려간다. 당시만 해도 문학적 경건주의가 주류를 이루었기에 그의 불행한 삶을, 그리고 까칠하고 모난 성격 속에서 쓰인 어두운 글을 좋아하는 이는 없었다.

깨어 있는 동안은 계속 무언가를 쓰다시피 했지만 반응은 냉담했다. 말하자면 그는 화려한 자본의 도시 뉴욕과는 맞지 않는 작가인 셈이라 진정한 뉴요커가 못 된 채 이방인처럼 이 도시를 겉도는 형국이었다. 이 어둠의 기록자는 그러나 끈질기게 자기만의 문학 스타일을 고수하며 작품을 써내려갔는데, 그 글이 새로운 글쓰기의 한 형태로 부각된 것은 그가 이미 공동묘지에 묻힌 다음이었다. 게다가 미국이 아닌 유럽에서였다.

부모에게 받는 사랑이 충분하지 못할 때 인간은 자칫 황야에 울부짖는 짐승이 될 수 있다. 에드거 앨런 포는 애정어린 양육을 받지 못한 채어른이 되었다. 사랑도 받아본 자가 할 수 있는 법. 그는 사랑에 서툴렀고 타인은 적이고 세계는 나의 전쟁터라는 인식이 사랑보다는 강했다. 화려한 도성 뉴욕의 불빛이 그를 더 쓸쓸하고 외롭게 내몰았을 것이다. 문학계의 빈센트 반 고흐처럼 그는 가난과 함께 한사코 자신을 놓지 않는 어두운 영(靈)과 끝없이 사투하다가 끝내 행려병자 같은 죽음을 맞이한다.

그런데 그의 문학 작품 중에서 유난히 곱고 이질적인 분위기의 시한 편이 있다. 「애너벨리」. 마치 꿈속의 노랫말처럼 영롱하고 아름답다. 순수한 영혼을 가진 두 남녀가 만나 너무도 애틋하게 사랑을 나누지만 모질고 거친 운명의 바람이 불어 여인은 떠나가고 바다의 왕국에 묻힌 그녀를 찾아 남자는 끝없이 떠돈다는 동화 같은 이야기이다. 중학교 2학년 영어 교과서에서 이 시를 봤을 때 에드거 앨런 포라는 이름마저 초콜릿처럼 달콤해서 억양을 넣어 줄줄 외우고 다녔다.

브롱크스 포드햄에 위치한 포의 오두막Poe Cottage은 허름하고 낡은 이층짜리 작은 집. 하지만 어떤 거대한 문학관에 들어설 때보다도 강력하게 부딪혀오는 혼의 울림이 느껴진다. 방 안의 공기뿐 아니라, 모든 것이 옛 모습 그대로이기 때문일 것이다. 그가 글 쓰던 작은 탁자며 비좁은 부엌도 그대로다. 문을 열고 나오면 저멀리 천공을 찌르며 올라와 있는 빌딩이 바라보인다. 그는 이곳에서 저 웅장하고 화려한 도성을 바라보며 무슨 생각을 했을까.

저주받은 천재 작가, 에드거 앨런 포

에드거 앨런 포Edgar Allen Poe(1809~1849)는 19세기 미국 낭만주의를 대표하는 소설가이자 추리소설의 선구자로 보스턴에서 태어났다. 세 살 때 어머니를 여의고 버지니아주의 부유한 담배 사업자 존 앨런에게 입양되었다. 1826년 버지니아대에 입학하나 도박빚 때문에 양부와 의절하고 학교를 중퇴했다.

그후 각종 현상 공모에 작품을 응모해 1832년 단편 「병 속의 수기」가 당선되면서 작가 활동을 시작한다. 1838년에 장편 『아서 고든 핌 이야기』가 출간되었고, 단편 「검은 고양이」 「붉은 죽음의 가면」 「어셔 가의 몰락」 등을 꾸준히 발표해 1845년 이를 묶어 단편집을 출간했다.

포는 생계를 위해 끊임없이 글을 썼으나 미국에서는 거의 인정받지 못했다. 사후에야 보들레르, 말라르메, 도스토옙스키 등 외국 작가들에게 그 작품성과 천재성을 인정받았다. 특히 보들레르는 「검은 고양이」를 읽고 매혹되어 포의 작품을 직접 번역해 소개하기까지 했다.

가난과 궁핍, 신경쇠약 등으로 고통받던 포는 아내가 세상을 떠난 후 알코올 중독에 빠졌고, 정신 착란에 시달리다 워싱턴 대학병원에서 마흔 살의 나이로 사망했다.

포의 오두막
주소: 2640 Grand Concourse, Bronx, NY 10458 미국

허망의
　제단과
　　피츠제럴드

데이지,
오늘 아침 내 정원에는 흐드러지게 꽃이 피었다오.
함께 바라보며
환히 웃어주면 좋겠는데.
그대의 몸일랑 그곳에 두었더라도
마음만이라도 내게 와서
함께 웃어주면 좋겠는데.

데이지,
그대가 알다시피
나는 그대의 사랑으로 크는 식물이오.
나 개츠비는
그것이 없이는

위대하기는커녕

죽음의 경계 위에서 비틀거리는 자라오.

설마 내가 잊히고 멀어져

스쳐지나가는 바람처럼 멀어져

그대 기억의 깊고 깊은 물속에

그 바닥까지 가라앉아버려서

다시 떠오를 수 없는 것은 아닐까.

사람들은 내가 허공에 뿌려대는

돈을 보고 열광하고

파티의 불빛에 불나방처럼 날아들지만

당신 없이는 그 모든 것이 내게는

그냥 환한 듯 보이는

깊고 깊은 어둠일 뿐이라오.

데이지,

내가 숭배하는 것은

조지 워싱턴의 초상이 그려져 쌓아올려진 종이가 아니라

그대의 살냄새요.

사과향 같고 복숭아향 같은 그 살냄새.

울고 싶은 그 살냄새.

오직 그 냄새의 기억 앞에 무릎 꿇고 싶을 뿐이오.

나는 오늘밤도 뉴욕을 떠나지 못하고

먼발치로 그대의 집을 보며

그 어둠의 눈동자를 노려보며

당신을 다시 찾을
오직 그 일만을
진액이 다 빠져나오도록
오직 그 일만을
생각하고 꿈꾸고 욕망하고 주문한다오.

오오,
무엇이든 차고 넘치는 이 과잉의 도시에서 나 홀로
그대 여분의 사랑마저 고갈되어
이제는 부르튼 입술로
데이지,
내게 돌아오라고 겨우 마른 입술 달싹여 되뇔 뿐.

데이지,
별도 없는 캄캄한 이 밤을
내가 쌓아올린
그 많은 지폐에
화르르 불을 붙여 밤새워 타오르도록
환하게 한다면 저편에서 그대가 나타날까.
아니면 새벽이슬을 밟고 동트는 미명에
그대가 걸어올까.
모든 것이 차고 넘치는 이 도시 뉴욕.
하지만 나는
차츰 시들어가는 식물처럼 가난하게 죽어간다오.

어서 오오, 데이지,
나의 성으로 달려와
오랜 입맞춤으로
싱싱한 두 그루 나무처럼
그렇게 함께 서 있기를.

세계적인 상담 심리치료사 어빈 D. 얄롬은 샘날 정도로 글 잘 쓰는 의사다. 그의 명저 『나는 사랑의 처형자가 되기 싫다』는 사랑 심리학의 해부학이라 할 만하다. 이 책은 사람이 배곯아 죽기보다는 사랑의 상실로 시들어간다는 사실을 여러 상담 사례로 적시해준다. 사랑에 빠졌을 때는 '너와 나'의 경계가 흐려질 만큼 황홀경에 빠졌다가, 사랑을 상실했을 때는 어둡고 습기가 찬 방의 음지식물처럼 서서히 죽어가는 존재가 인간임을 보여준다.

여기 사랑을 앓는 한 사내가 있다. 그는 진물 흐르는 아픈 곳을 안고 신음한다. 가난과 초라함 때문에 자신이 내민 손을 거절하고 떠났던 한 여인의 환심을 사기 위해 돈으로 화려한 성을 쌓고 불을 밝혀 기다린다. 밤을 맞도록 문간에 서서 여인이 사는 곳의 불빛을 보는 사내. 사랑 앞에 한없이 초라한 이 사내의 이름 앞에 생뚱맞게 작가는 '위대한'이라는 수식어를 붙인다.

1920년대의 뉴욕, 주식은 폭등하고 돈은 흘러넘친다. 개츠비라는 남자. 돈 없고 직업 없어 여자에게 차였던 쓰라린 기억 때문에 이를 악물고 돈 벌고 성공해 마침내 1920년대판 '아메리칸드림'을 이룬다. 그리고 자기를 차버렸던 그 여자를 되찾으려 한다. 이미 다른 사람과 결혼

위대한 개츠비
뉴욕을 중심으로 벌어지는 물질과 소유의 허망함이 잘 담겼다.

한 그 여자를.

그 여자가 제 발로 자신을 찾아오게 만들기 위해 그녀의 집 강 건넌 곳에 위치한 화려한 저택을 산 뒤 불을 밝히고 밤마다 파티를 연다. 유치찬란한 수법이 아닐 수 없다. 진부하고 통속적인 이야기가 담긴 『위대한 개츠비』. 이 책이 왜 미국 문학을 대표하는 명작 중 하나라는 건지 오랫동안 이해할 수 없었다.

'콤플렉스 덩어리인 한 사내가 집념의 화신이 되어 마침내 경제적으로 성공하고 그 힘으로 떠났던 사랑을 되찾으려고 한다는 통속 연애담일 뿐인데……' 싶었던 것이다. 그러나 『위대한 개츠비』는 문학적으로 전대미문의 성공을 거뒀고 『로미오와 줄리엣』에 견줄 만큼 영화로도 거듭 리메이크되었다. 참 불가사의한 일이었다. 그런데 1920년대의 뉴욕, 그 흥청망청하던 한 시기로 초점을 모아 들여다보면 굳이 평론가의 해설을 듣지 않더라도, 양파 껍질처럼 이 진부한 이야기에 숨겨진 작가의 의도를 알게 된다. 말하자면 이 작품은 철저히 그 당시 뉴욕으로 돌아가 그 무렵의 시대 분위기와 갈등의 심층 구조를 함께 들여다보면서 읽어야 한다. 사랑과 배신, 물질과 정신, 향락과 종말, 그리고 마침내 삶과 죽음에 이르기까지, 모든 것을 그 시절의 뉴욕이라는 안경을 쓰고 보아야 제대로 보인다.

허접한 한 개인의 사랑 이야기를 얼개로 하나 그 이면에는 이런 시대적 갈등과 대립 구도가 설정되어 있다. 곧 닥쳐올 대공황의 검은 구름을 예상치 못한 채 부와 향락에 취해 흐느적거리는 사람들. 그중에는 누구라도 붙잡고 어디로 갈 것이며 무엇이 옳은가를 묻고 싶을 정도로 휘청거리는 이가 많았을 것이다. 작가 또한 이 흐름에 던져진다는 것이 이 소설의 속내다. 결국 개츠비는 돈을 모으듯 사랑을 얻기 위해 반미

치광이가 되어 온갖 수단과 방법을 동원하고 집념을 불태우지만 그가 그토록 갈망하던 사랑은 끝내 얻지 못한다.

그리고 그 좌절의 자리에서 허망하게 무너져내린다. 실제로 엄청난 호황 속에서 돈의 굿판이 잦아들 때쯤 미국에는 공포의 대공황이 불어닥치고 뉴욕 또한 그 태풍의 중심에 서게 된다. 예언자처럼 작가는 한 남녀의 사랑 이야기를 빌려 시대의 징후를 드러내려 했던 것이다. 바로 이 지점이 나의 오독과 작가의 위대성이 교차하는 지점이다.

『위대한 개츠비』와 피츠제럴드

F. 스콧 피츠제럴드^{Francis Scott Key Fitzgerald}(1896~1940)는 미네소타주 세인트폴에서 태어났다. 1920년 프린스턴대 시절의 이야기를 그린 장편소설 『낙원의 이쪽』이 엄청나게 성공해 아내 젤다와 사교계의 총아로 떠오른다. 말 그대로 자고 일어나니 스타가 된 두 사람은 미국 동부와 프랑스를 오가며 호화로운 생활을 즐긴다. 장편소설 『아름답고도 저주받은 사람들』 외에 소설집 『말괄량이들과 철학자들』 『벤자민 버튼의 시간은 거꾸로 간다』 등을 잇달아 발표하며 인기를 끌지만 계속해서 흥청망청 지낸다.

1925년 작품인 『위대한 개츠비』에서 전후 미국 사회에 팽배한 물질주의뿐 아니라 상류 사회의 공허하고 방탕한 삶을 잘 그려내 미국 문학의 새로운 표상으로 떠오른다. T. S. 엘리엇, 거트루드 스타인 등 당대 최고의 작가 및 평론가에게 '문학 천재'로 칭송받았고, 많은 예술가와 후원자와 친분을 쌓는다. 작가로서 성공을 거머쥐나 알코올중독과 빚의 구렁텅이에 빠지고 아내 젤다의 정신병이 발병해 둘의 관계도 흔들렸다.

1934년 장편소설 『밤은 부드러워』를 발표하나 세간의 평이 엇갈리고, 점점 주벽이 심해져 엄청난 빚을 떠안는다. 빚을 갚기 위해 할리우드로 옮겨가 <바람과 함께 사라지다> 외에 여러 영화의 시나리오 작업을 진행하기도 했다. 할리우드 영화계를 다룬 『마지막 거물의 사랑』을 집필하던 중 심장마비로 생을 마감했다.

시와
음악 사이

당신은 진정
그 입술에서 불어오는
보랏빛 안개 같은 노래로,
그 중얼거림만으로
이빨을 드러낸 증오도
검붉은 전쟁의 불길도
끌 수 있다고 믿었나요.
어둡고 긴 밤의 행진처럼,
우리 또한 먼 그대의 노래를 부르며
별 없는 밤을 터벅터벅 그렇게 걸었지요.
저녁의 교차로에서
어두운 광장에서
오지 않는 누군가를 기다리듯

우리는 그대의 노래를

불빛처럼 기다리며 마냥 서성거렸다오.

그러나 갈기를 날리며

폭풍 속을 달리는 선지자의 말처럼

혹은 둥둥 울리는 북소리처럼

우, 우, 우

바람같이 내몰지는 못한 채

그대의 노래는

늘 물위에 떠서

기우뚱거리며 떠가는 가랑잎처럼

그렇게 세월의 안개 저편으로 흘러갔지요.

그래도 우리는 그대의 쉰 목소리

그 습기 낀 노랫소리가 들려오는 쪽으로

고개를 돌리며 그렇게 한세월이 지나갔군요.

밥 딜런,

그러고 보면 우리는 그대를 사랑했던 것이 아니라

새벽 미명 동트는 시간에

꿈결같이 들려오는 한 소리 쪽으로

귀를 기울였을 뿐이었던 것 같아요.

그만큼 누군가의 노래가,

목소리가 그리웠던 때문이었죠.

하지만 얼마나 다행인가요.

폐허를 걸어온 방랑자처럼
혹은 수도원의 별밤지기처럼
아직도 늙은 기타를 지팡이 삼아
흘러가는 시대의 석양을 바라보며
갈대처럼 서걱대며 웅얼거리는
그대의 소리를 가끔씩 들을 수 있음이.
이제는 바람에 날리는 깃발이 아닌
마른 빨랫감처럼 메마른 채
당신이 허공으로 날렸던 그 많은 말들은
별의 나라로 떠났더라도
노래는 남아
지금도 기억의 옛 창고 속에서
홀로 웅얼거리고 있겠지요.

2016년, 밥 딜런이 노벨 문학상을 받았다는 소식을 접하자 '세상에나' 싶었다. 그가 노래하는 음유시인으로 한평생을 살았다는 사실을 부인할 수는 없었지만 가수는 가수였다.

일단 가수에게 노벨 문학상이 주어진다는 사실이 참으로 생뚱맞고 당혹스러웠다. 한때 문청의 세월을 보냈던 나는 〈노킹 온 헤븐스 도어〉 같은 몇 편의 노랫말을 다시 떠올리며 수험생처럼 그 속에서 시와 운율 그리고 문학성을 더듬어 찾아보려 애썼다. 왜 그랬을까. 그에게서는 육친肉親적인 그 무엇이 있었던 까닭이다.

때로는 유대의 랍비처럼, 때로는 저항의 아이콘처럼 그는 내 곁에 함께하며 시대를 스쳐지나갔던 사람 중 하나였다. 베트남전과 히피 문화를 겪으며 세계를 휩쓸었던 반전과 저항의 물결에 늘 그의 노래가 자리하고 있었다. 조금은 다른 상황이었지만 그의 노래는 한반도에까지도 영향을 미쳤다.

일테면 그의 〈바람만이 아는 대답〉은 김민기의 〈저 부는 바람〉과 겹치면서 밥 딜런이라는 이름은 우리 사회에서도 이방인의 그것이 아니었다. 그의 노래는 줄곧 전쟁과 폐허, 죽음과 상실에 대해 물었고, 그 대답은 늘 '바람만이 아는 것Blowin' in the wind'이라는 식으로 숨어드는

밥 딜런, 시와 노래 사이
특유의 운율을 타며 흘러간 밥 딜런의 노랫말은 한 시대의 언어 아이콘이 되었다.

것이었다. 하지만 노래로, 그것도 문학성 짙은 은유의 노래로 질문을
던졌다는 사실만으로도 신선한 위안이었다.

실제로 대답 없는 질문이 노랫말로 회자되며 그처럼 강력하고 오래
살아남은 경우도 없을 것이다. 대체로 사회성이 강한 노래일수록 그 가
사가 거칠거나 공격적인 경우가 많다. 그러나 그의 노래는 고도의 문학
성으로 포장된데다가 일체의 정치적 수사를 거부한 채 흔적을 남기지
않은 바람처럼 불어왔다가 가곤 해서 많은 사람을 매료시켰다. 그렇게
무대에서 사라지는 법 없이 반세기의 세월을 지켜냈다.

그렇더라도, 그는 가수 아닌가. 일생을 어두운 골방에서 쓰고 또 쓰
며 세월과 싸웠던 그 수많은 작가들이 느낄 박탈감은 어쩌라고, 싶었다.

그러던 어느 날 백과사전처럼 묵직한 책 한 권이 집으로 왔다. 『밥 딜
런: 시가 된 노래들 1961-2012』라는 책. 악보가 없는 이 책에는 줄잡
아 천여 편은 됨 직한 (무려 오십 년 동안 쓴) 그의 시가 실려 있었다.
몇 편의 시를 뒤적이면서 우선 "미국 음악의 전통 안에서 새로운 시적
표현을 창조해냈다"는 노벨상 위원회의 평가가 참 적절했구나 싶었다.

그의 시에는 초원을 달리는 카우보이의 외침이 담겼고, 할렘의 복
음성가 가락이 흘렀으며, 무엇보다도 미국의 물소리와 바람 소리가 섞
여 있었다. 베개로 써도 좋을 만큼 두꺼운 그의 시집 읽기를 다 끝내고
나서야 비로소 그가 가수이기 이전에 시인이었음을 알게 되었다. 어
쩌면 시가 먼저고 노래는 다음이어서 드라마틱한 운율 변화가 없었을
터였다.

그런 까닭에 내게는 한결같이 그의 노래가 웅얼거림의 연속으로 들
렸을 것이다. 늦은 밤 맨해튼 거리를 홀로 걸으며 빌딩 위에 떠 있는 흰
달을 본다. 문득 그의 시 「버려진 사랑」이 떠오른다. 내가 서 있는 이

지점쯤에서 그도 저 달을 보았던 걸까. "열쇠 돌리는 소리가 들리네. 난 내 안의 광대에게 기만당해왔어. 맑고 커다란 달이 떠오르고 있어. 난 타는 듯한 그 달을 보며 마을로 돌아와."

그러면서 그는 자신의 '수호성인은 유령과 싸우고 있다'고 분열된 자아를 고백한다. 이 도시에서 그는 달을 보며 '누군가가 아파트 문의 열쇠를 돌리는 외로운 소리'와 떠나간 사랑과 찢긴 자아를 동시에 보았던 것이다. 그리고 우리의 시인 이상의 '아해'가 그러했듯, 자아를 환하게 비춰내는 그 달빛이 무서워 도망치기 시작했던 것이다.

밥 딜런은 신비주의의 끝판왕 같은 존재이기도 했다. 늘 짙고 검은 선글라스 속에 자신을 숨기고 잠깐 나타났다가 오랫동안 사라지곤 했다. 심지어 노벨 문학상 수상 소식을 듣고도, 그날 선약이 있어 시상식장엔 나가기 곤란하다고 했을 정도로 '간지'를 냈다. 하지만 이 스타일리시한 남자는 막상 식장에선 자신이 노벨 문학상을 받게 된 것은 달 위에 서 있을 확률보다도 작은 것이었다는 노랫말 같은 소감을 남겨놓고 총총히 사라졌다.

시대의 바람 속에서 그 흐름과 함께했던 가객 밥 딜런. 어쩌면 그는 아름다운 산과 달과 사랑 이야기가 아니라 본격적으로 일그러진 미국과 상처받은 뉴욕과 아픈 전쟁을 노래한 최초의 대도시 음유시인이 아닐까.

대도시의 음유시인, 밥 딜런

밥 딜런Bob Dylan(1941~)은 미국 미네소타주 덜루스의 부유한 유대인 집안에서 태어났다. 본명은 로버트 앨런 지머먼Robert Allen Zimmerman이나 좋아하는 시인 딜런 토머스의 이름을 따 '밥 딜런'으로 개명했다.

열 살 때부터 시를 썼고 스물한 살이던 1962년 앨범 《밥 딜런》으로 데뷔한다. 사회성 짙은 저항적 노랫말이 담긴 곡을 발표했으며 베트남전쟁에 대한 저항의 표상이 되기도 했다. <바람만이 아는 대답> <시대는 변하고 있다The Times They Are A Chagin'> 같은 곡은 한국의 학생운동에도 영향을 주었다.

1960년대에는 비트족, 반문화, 저항, 젊음을 상징했다면 1970년대 들어서는 상업적으로 성공도 거뒀지만 종교적인 내용을 담은 노래도 많이 불렀다. 이후 1980년대에는 꾸준히 앨범은 발표하나 평단의 반응이 갈리며 가수로서의 입지가 애매해지기도 한다. 하지만 끝나지 않는 공연 프로젝트 '네버 엔딩 투어'를 이천 회 넘게 진행하며 저력을 과시한다.

대중음악 역사상 가장 영향력 있는 음악가로 꼽히며 1982년 작곡가 명예의 전당, 1998년 로큰롤 명예의 전당에 입성했다. 2000년에는 '음악계 노벨상'이라 불리는 폴라음악상을, 2016년 가수로는 최초로 노벨 문학상을 수상했다.

블루 노트,
슬픔 입문

뉴욕 재즈 카페 코튼클럽이나 블루노트,
그리고 디지스 클럽 코카콜라에 가면
예외 없이 젊고 늙은 연주자들의 화려한 즉흥 연주 속에
살짝 스며든 슬픔의 빛을 보게 돼.
저 뉴올리언스 미시시피 강변 따라 올라온
삶의 고단함과 한 계절의 노동, 구불구불한 인생 행로가 보여.
그래서 재즈를 듣는 것은
판소리를 듣는 것과 비슷해.
먼 옛날 흑인 노동요 같은 블루스는
판소리의 동편제 서편제와 같아.
야수의 포효 같은 루이 암스트롱에서도
강물처럼 흘러가는 찰리 파커에서도
여지없이

우리네 판소리식 슬픔의 가락과 빛이 들어 있지.
해 저무는 들녘, 저 홀로 삼키는 소리 없는 울음이 있어.
관절을 꺾어서 내는 토착 방언과,
아랫배 쪽으로부터 토해내는 통성通聲의 고해성사.
그리고 시크한 연주에 노래의 사연마저 겹쳐진다니까.

뉴욕에 밤이 오면
사람들은 저마다의 거리로 떠나가지만
맨해튼 다운타운과 할렘의 어딜 걷더라도
재즈카페를 피해 가긴 힘들지.
코튼클럽이나 블루노트에서는 불빛 보고 돌아온 선박들처럼
밤이면 서로의 어깨뼈를 부딪치고
그 눈썹 끝에 달린 하루치 피로를 닦아주며
흔들리는 불빛 아래,
기묘한 우정의 재즈 한마당이 열려.
지식인 홈리스도,
하루종일 직립보행으로만 걸어야 하는 넥타이 맨 노동자도
이곳에 와선 어두운 그늘 아래에서
마티니 한잔으로 목마른 쉼을 얻게 돼.

세월의 때 묻은 헐렁한 재킷에 가죽 바지,
나비넥타이에 캉캉 구두,
재밌잖아.
그러니 인생의 버킷리스트를 서둘러 내려놓을 생각일랑 말라고.

백발의 피아니스트는 애무하듯 열 개의 손가락이 부지런히
그랜드피아노 건반을 오가는데
증조부 때부터는 내려왔음직한
굵은 주름 아래 그 눈물과 웃음의 사연을
칡뿌리 같은 손가락들로 살랑이는 바람처럼 전해준다니까.

어두워질수록
혹은 장엄하게
혹은 맑은 물소리처럼
튀어오르는 소리, 소리들.
그 소리들의 냄새를 맡아봐.
트럼펫의 애절함과 타악기의 질주가
서로 엮이고 풀리며, 만나고 헤어질 때쯤이면
어느새 우리네 삶도 한 옥타브씩 올라가고 있어.
그리고
살짝 끼어들었던 슬픔은
입문만 한 채, 어두운 바깥으로 쫓겨나버리고 없지.
What a wonderful world!
타임스스퀘어의 불빛은 밤새 번쩍이지만
천만에,
그런다고 시간을 가둬놓을 순 없어.
오히려 더 빨리 도망쳐버릴걸.
차라리 밤의 남은 시간을 붙잡아두기는
푸르고 어두운 재즈클럽,

블루노트야, 코튼클럽이야, 재즈갤러리야.
가끔씩 달빛이 내려와
저 홀로 건반을 두드리고 가는 것 같은 그 황홀함이라니.
거기에서는 흐린 날에도 별이 뜨고,
구름 속에서도 꽃이 피어.
제법 먼 곳으로부터 흘러온 듯한
내 인생의 희디흰 강물 같은 것이 희한한 울음소리 같은 것을 내며
천천히 눈앞으로 흘러가는 모습을 보게 되는 것도
그 뜻밖의 장소라니까.

—

기왕 공연장에 발을 들여놨으면 재즈의 계보가 어쩌고 하며 시작하면 재미없다. 그저 타악기의 리듬 따라 발을 두드리고 노래 따라 고개를 끄덕이는 것이 좋다.

재즈는 철저한 현전^{現前}. 그냥 눈앞에 펼쳐지는 애드리브 연주와 퍼포먼스 같은 개성 만발의 공연에, 그 들풀 같은 생명력과 야생의 맛에 빠져들 일이다. 그것이 재즈의 매력이고 중독성이다.

클래식이 작곡가의 아름다운 새장 안에 갇힌 음악이라면, 재즈는 그 새장을 열어젖히고 창공으로 날아가는 새라고 할 수 있다. 그 새는 드넓은 창공 어느 방향으로 날아갈지 모른다. 다른 모든 현대 예술이 그렇듯이 재즈 또한 저마다의 출발과 태생지는 달라도 모여드는 종착지는 뉴욕이다. 뉴욕의 그 많은 재즈바가 각각 계보와 색채를 달리하더라도 고단한 뉴요커와 여행자에게 삶의 쉼표가 되어준다는 점만은 공통된다.

누구는 이 도시에서 멀고 화려한 무대를 오페라글라스로 음미하면서 우아한 밤을 보낼 수도 있다. 하지만 다른 한 곳에서 누구는 연주자의 숨소리와 귀를 때리는 드럼 속에서 칵테일을 곁들여 버펄로윙 한 조각을 먹으며 하루의 피로를 털어낸다. 그래서 한때 불온하고 비속한 음악

재즈는 영원히
삶의 기쁨과 슬픔, 사랑과 이별이 담긴 재즈바는 소시민의 쉼터다.

으로 여겨졌던 재즈는 이제 가장 미국적인 음악의 주류로 자리잡게 되었다.

웨스트 4번가에 위치한 그 많은 바와 클럽 중에서도 버드랜드나 블루노트 재즈클럽은 유명 연주자들의 연주가 이어지는 오래된 명소. 할렘 부근의 코튼클럽과 함께 세계의 재즈 마니아들이 즐겨 찾는 곳이다. 격식을 풀어헤치고 조촐한 저녁식사와 함께 즐길 수 있는 이 작은 뮤지컬은 무대와 테이블이 지나칠 만큼 가깝다는 것도 매력이다. 사람과 사람 사이가 한사코 멀어지려는 도시에서 사람의 거리를 좁혀버리는 매직을 부린다. 세상의 명품 도시가 사람들을 불러모으는 이유는 그 장소 자체의 매력보다도 그곳에 남겨진 사람들의 에스프리 때문이고말고다. 파리의 카페 레 되 마고나 아르헨티나의 카페 토르토니, 튀니스의 카페 데 나트가 전설이 된 것도 그곳을 거처 삼아 드나들었던 별 같은 예술가들 때문이다.

코튼클럽이나 블루노트가 전설이 된 것도 벽에 사진이 붙어 있는 쟁쟁한 연주자들이 그곳을 지나쳐갔다는 사실 때문이다. 벽에 걸린 사진들은 그래서 과거이면서 현재를 비추는 별이다.

뉴욕의 재즈클럽

재즈는 19세기 뉴올리언스에서 탄생했으나 1920년대 들어 뉴욕으로 기반이 점점 옮겨졌다. 1920년대와 1930년대 듀크 엘링턴, 빌리 홀리데이 등 유명 재즈 뮤지션 때문에 수많은 재즈클럽이 만들어져 오늘날까지도 뉴욕의 밤을 음악으로 수놓고 있다.

1981년 문을 연 블루노트 재즈클럽을 비롯해 유명 재즈 뮤지션들이 음반을 녹음할 정도로 뛰어난 음향 시설을 갖춘 빌리지뱅가드, 센트럴파크와 맨해튼의 야경이 내려다보이는 디지스 클럽 코카콜라, 버드랜드 등 크고 작은 재즈클럽을 뉴욕 곳곳에서 찾을 수 있다. 다양한 재즈 뮤지션들의 연주를 가까이에서 생생하게 즐길 수 있기 때문에 재즈 팬뿐 아니라 많은 관광객들이 뉴욕의 밤을 이곳에서 즐긴다.

재즈클럽에서 음악에 빠져들지 못한대도 영화를 통해서도 잠시나마 그곳에 머무는 기분을 낼 수 있다. <본 투비 블루> <마일스>처럼 실제 재즈 뮤지션의 이야기를 다룬 영화, 대표적인 재즈클럽인 블루노트에 대한 다큐멘터리 <블루노트 레코드>, 재즈를 사랑하는 이들의 모습이 담긴 <소울> <레이니 데이 인 뉴욕> 같은 영화를 통해서도 익숙한 듯 새로운 재즈의 매력에 빠질 수 있다.

블루노트 재즈클럽
주소: 131 W 3rd St, New York, NY 10012 미국

브로드웨이,
뮤지컬 제국의
신화

뉴욕 버킷리스트에서 빠질 수 없는 것 중 하나는
브로드웨이 뮤지컬이야.
이상도 하지.
타임스스퀘어의 전광판은
시간을 잘게 쪼개 분초마다 그 시간으로
엄청나게 벌어들이는데
그 동네의 극장들은
지상의 모든 사람을
다 빨아들이고 나서야
막을 내리겠다는 듯
서두르는 법 없이
시간을 한없이 늘려버리니 말이야.
둘 다

시간을 파는

밤의 자본이지만

하나는 쪼개서 팔고

하나는 늘려서 팔아.

오 년 전 왔을 때의 프로그램이

그대로 걸려 있기가 예사고

심지어는 십 년 전, 십오 년 전 공연이

그대로 돌아가는 경우까지 있어.

그래서 가끔은

시간의 덫에 걸린 기분.

여기에 오면

시간은

흐르거나 지나가는 것이 아니라

출구 없는 방처럼

빙빙 도는 거지.

브로드웨이의 마법에 걸린 거야.

이상한 일은 또 있어.

뉴욕의 여행자라면

이 도심의 어디선가에서 울리는

〈라이온킹〉의 포효에 끌려

배낭의 청춘과 함께 왔다가

귀밑머리 희끗해질 때쯤 어김없이 유령에 끌리듯 이 거리의

〈오페라의 유령〉을 찾아

다시 오게 된다니까.

그러고 나서야 돌아가는 비행기 안에서

뭔가 빠트리고 온 느낌이 드는 것이야.

떠났던 사람을 다시 오게 한다는 것은

공간 이동을 하고서도

아직 브로드웨이 시간의 덫을

다 못 벗어났다는 이야기.

뮤지컬 속 환상과 현실이 뒤엉켜 있다는 이야기지.

맨해튼을 비스듬히 가로지르는

웨스트 42번가에서 53번가까지의 이 길은

시간의 기울기로 된 거리야.

지평선 아닌 시평선時平線을 이룬 거지.

잘 달구어진 쇠로 '시간'의 앞뒷문 창살을 달구어버린 거라 할까.

갑자기 소리 없이 떠나가버린 과거와

이쪽으로 걸어오는 미래의 발걸음소리가

딱 이 지점 어딘가에서

우연처럼

만나게 되어 있다니까.

시간의 들숨과 날숨이

이 브로드웨이 거리에서는

한번에 이루어지는 것이야.

환상과 현실이 하나로 합쳐지는 지점이야.

째깍째깍,

힘겹고 지루하고, 아무것도 아닌 것 같은 무의미한 삶,

옥죄어오는 나날들의 현실에서 멈춰 서서 천천히

푸르고 검은

휘장을 걷고

무대 안으로 들어서는 순간.

정말이야, 거기서는

떠나간 과거도

오지 않은 미래도

동시에 소환할 수 있어.

그리고 그 가운데에서

더는 아무것으로부터도 도망치지 않은 내가 보여.

이 매직을 모르는 자들은

왜 〈캣츠〉며 〈알라딘〉과 〈맘마미아〉를

굳이 여기까지 와서 보아야 하는지를

자신도 잘 모르는 거지.

그저 화려한 의상과 무대장치에 홀렸나보다

생각이 들겠지만

확실히 이 타임스스퀘어

브로드웨이는

시간을 빙빙 돌게 하는

매직이 있어.

과거와 현재를 한꺼번에 만질 수 있는 매직 말이야.

브로드웨이라는 이름은 어느덧 세계인의 뇌리에 거리 이름이라기보다는 연극, 영화, 뮤지컬의 명품 백화점 비슷하게 자리매김돼 있다. 하나의 공연이 일단 머제스틱 극장 같은 데서 장기 공연을 하고 나면 그다음에는 세계 각지로 팔려나가는 것이다. 내 기억에 우리나라만 하더라도 브로드웨이 공연팀이 그대로 와서 서울과 지방 도시까지 순회하기를 여러 번씩 했다. 그런데 묘하게도 같은 극단의 단원이 모두 그대로 오는데도 브로드웨이 뮤지컬이나 연극은 그곳에서 봐야만 맛이 난다.

굳이 예매를 하고 비행기를 타고 먼길 먼 시간 들여서 봐야 비로소 제대로 본 것 같은 느낌. 일테면 똑같은 인상파 미술 전시를 파리의 오랑주리 미술관 아닌 서울에서 봤을 때 어쩐지 밍밍하게 느껴졌던 기분과 비슷하다고 할 수 있을까. 연전에 본 뮤지컬 〈캣츠〉만 하더라도 남산의 국립극장에서 브로드웨이 공연팀의 무대를 그대로 만났는데 훌륭하긴 했지만 뭐라 콕 집어 형언할 수 없는 아쉬움이 남았다. 그 아쉬움의 정체는 뭘까. 공연장 바깥까지 연결되는 브로드웨이 거리의 숨소리와 타오르는 불길 같은 생생함이 빠져서가 아니었을까.

웨스트 42번가에서 53번가에 걸친 극장가에 위치한 사십여 개의 극

<라이온킹>
브로드웨이 뮤지컬은 대개 많은 자본을 쏟아부어 그 화려함으로도 명성이 높다.

장과 거기서 쏟아져나오는 관객들의 그 일체감, 그리고 그 뜨거운 열기가 빠져 있었던 것이다. 타임스스퀘어의 극장들이 그토록 오랜 세월 그자리에서 세계의 관객을 흡인했던 비결도 바로 그 열기와 숨소리 때문이었을 것이다. 거기다 엄청나게 퍼부어댄 자본의 힘으로 꽃피운 황홀한 판타지가 그 거리에는 가득했다. 하나의 공연을 보면서 다른 많은 공연이 달려드는 것만 같았다.

인간은 너나없이 땅 위에 발 딛고 하늘을 보며 사는 존재이다. 땅에서의 삶은 고달파도 밤하늘의 별을 보며 땅에서의 고달픔을 잊는 것이다. 늘 여기 아닌 저곳을 꿈꾸는 인간의 삶. 무대 위의 한바탕 희노애락의 시간이 그래서 보는 이에게는 자기 삶의 일생으로 대체되는 것이다. 이러한 투사와 판타지가 이루어지는 곳이 브로드웨이다. 공연이 끝나고 밤 열시 무렵 쏟아져 나온 이 지구별 여행자들의 얼굴은 그래서 너나없이 안도와 행복의 빛으로 빛난다. 그 힘으로 다시 만난 현실의 발위로 성큼 한 발을 내딛는 것이다.

세계 뮤지컬의 중심지, 브로드웨이

브로드웨이는 맨해튼을 세로로 관통하는 길을 말하지만 이곳에 사십여 곳의 극장이 자리하기에 보통은 미국의 연극계, 뮤지컬계를 지칭하는 말로 쓰인다. 일반적으로 화요일부터 토요일 오후 7시나 8시에 커튼 공연이, 수요일, 토요일, 일요일 낮에 마티네 공연이 열린다. <캣츠> <라이온킹> <맘마미아> <오페라의 유령> <위키드> 등 세계적으로 유명한 공연이 이곳에서 수년간 장기 공연되고 있다. 이곳에서 뮤지컬을 보기 전 공연의 원작인 소설을 읽거나 뮤지컬을 영화화한 작품을 보는 등 사전 예습을 하고 가면 작품을 이해하는 데 도움이 된다.

브로드웨이 공연의 티켓은 인터넷이나 현장에서 구매가 가능한데 운이 좋다면 TKTS에서 당일에 남은 표나 취소된 표를 싸게 구할 수도 있다. 일 년에 두 차례 여는 브로드웨이 위크 때는 공연 티켓 두 장을 한 장 가격에 판매해 인기가 높다.

엄청난 경비와 인력이 투입되는, 상업성을 추구하는 미국형 블록버스터 뮤지컬에 반발해 예술성과 작품성을 추구하고 문학성과 사회성을 갖춘 작품을 공연하는 오프 브로드웨이 운동도 이뤄지고 있다. 브로드웨이 외곽 지역의 소극장에서 무대에 오르는데 내용뿐 아니라 무대 기술적인 측면에서도 참신하여 볼만하다.

제국의 음식들,
　뉴욕 스테이크에서
　　스타벅스까지

여행 가방을 꾸릴 때면
일용할 양식에 대해 한 가닥
우수가 지나간다.
그러고 보면
혀는 가장 까탈스러운 동행자다.
전시가 두 달이나 남았을 때
첼시의 갤러리 주인은
개막 다음날의 점심을
뉴욕의 유명 스테이크 집으로 예약했다고
괜찮겠느냐고 전화를 걸어왔다.
밥 한끼 먹는 게 뭐 그리 중요하다고 이 호들갑이람, 싶었는데
그 집은 하도 유명해서
두 달 전쯤 예약해야 안심이란다.

세상 어렵게들 사는군.
(속으로만) 생각했는데
그 음식에는
뉴욕의 역사와 문화가 고스란히 담겨 있어서
스테이크를 먹되 그 이상을 먹는 것이란다.

가보니 벽에는 그곳을 다녀간 저명인사들의 사진이 즐비하고
시향의 지휘자쯤 되어 보이는
기름기 자르르 흐르는 검은 양복에
하얀 와이셔츠, 나비넥타이 차림으로 서빙하는 노신사가
더 관록을 자랑한다.
시금치 다진 소스와 함께 나온 스테이크는
살살 녹긴 했지만 스테이크는 스테이크.
혀의 미각은 역사, 문화 같은 거창한 데까지 뻗어가진 못했다.
밥을 먹고 나니 커피는 스타벅스에서 마시잔다.
굳이 두 블록을 걸어야 하지만
커피는 거기서 마셔야 제격이라는 것.

세상을 정복하려는 자는
먼저 혀를 사로잡을지니.
그렇게 해서 콜라는 그 톡 쏘는 맛 하나로
창 한 번 쓰지 않고,
식민 지배의 구설수에도 말리지도 않은 채
멀리 아프리카까지 나아갔다.

이제는 우리도 구수한 숭늉의 맛을 잃어버린 지 오래.
중국의 천년 우롱차인들 별수없이
그 스타벅스에 자리를 내어주고 말았다.
맥도날드 햄버거는 또 어떻고.
심지어 영국의 피시앤드칩까지도 치고 들어갈 정도였으니까.
하지만 이제는 그것도 전설, 쉐이크쉑버거의 시대다.
스타벅스와 쉐이크쉑버거 그리고 뉴욕 스테이크.
그중에서도 스타벅스는 단연 제국의 음료.
미지근한 뇌를 단박에 깨우며
'저스트 두 잇!'이라고 말하는 뉴욕 스타일.

스타벅스, 멀리 시애틀에서 시카고를 점찍고 바람처럼 에티오피아와 아라비아 커피향을 몰아서 뉴욕으로 들어왔다. 커피 마니아들은 에티오피아 커피 시다모에 대한 향수와 전설을 가지고 있어서 그 허를 찌른 것일 수도 있겠다. 맨해튼 한복판에서 아프리카의 뜨거운 태양과 식민과 노동의 대가로 달궈진 그 커피를 마신다는데 시다모가 스타벅스로 바뀐대서 무슨 대수겠는가.

더구나 스타벅스는 커피에 이야기를 입혀 맨해튼을 돌아 브롱크스, 브루클린, 스태튼섬까지 삽시간에 통합해버린다. 사람들의 마음을 돌아온 연인처럼 끌어당기면서 그 연인을 부르듯 그 이름을 부르도록 만들었다. 그리하여 마침내 천천히 잔을 들고 거리를 걷는 스타벅스의 신인류까지 탄생시킨 것.

적은 돈으로 구입하는 특권의 티켓 같은 이미지를 만들었지만 생산지의 원가가 1달러의 반도 안 된다는 점을 고려할 때 그것은 결코 적은 돈이 아니다. 눈물 젖은 돈이고말고.

이제는 멕시코에도 인도에도 중국에도 스타벅스다. 세상은 이제 스타벅스의 제국 그리고 뉴욕은 그 제국의 중심이다. 순서가 뒤바뀌어 뉴욕 스테이크와 쉐이크쉑버거까지 그 뒤에 데리고 다닌다. 그러고 보면

NeU YorK브런치

제국의 음식들―스테이크, 쉐이크쉑버거, 스타벅스 커피
세계인의 입맛을 사로잡은 미국을 대표하는 음식이라면 스테이크와 쉐이크쉑버거, 그리
고 스타벅스를 들 수 있지 않을까.

드넓은 세상이라는 것도 작은 혀 끝에 놓이는 셈이다.

그렇다. 채찍 한 번 든 적 없건만 스타벅스는 이미 제국의 음료가 되었다. 맛으로 영토를 확장하는 법을 알았던들, 로마는 그토록 피 흘리는 싸움을 벌이지 않았을 터인데 싶을 정도이다. 스타벅Starburk은 허먼 멜빌의 『모비딕』에 나오는 일등항해사의 이름. 스타벅스의 로고에는 둥근 원 안에 굽이치는 머리칼로 가슴을 가린 채 아름다운 자태를 감춘 여인이 디자인되어 있다. 먼 옛날 전설로 내려온 두 꼬리 달린 세이렌의 이미지를 살짝 비틀어 바꾼 것이다.

항해하는 배마다 그 세이렌의 매혹적인 노랫소리에 홀려 뱃사람들이 죽는다는 전설을 우리는 잘 알고 있다. 트로이전쟁을 마치고 항해할 때 전사 오디세우스는 병사들의 귀를 틀어막게 하고 자신의 몸을 기둥에 꽁꽁 묶게 해 그 유혹의 소리를 피해 갔다는 사실도. 하지만 오늘날 세상 어디를 가도 그 세이렌의 마력은 귀가 아닌 혀로, 그리고 눈으로 사람을 홀린다.

그 로고를 보는 순간 발걸음은 저절로 그곳을 향한다. 누군가가 그곳에서 만나자고 할 때 왜 꼭 스타벅스냐고 묻지 않는다. 듣는 순간 이미 세이렌이라는 마녀가 들려주는 매혹적인 가락이 들려올 텐데 거리가 문제겠는가.

넓은 세상을 접수하려는 자, 그 작은 혀를 먼저 정복할지니. 그야말로 고금의 진리다. 그에 비해 명품이라 할 만한 뉴욕 스테이크는 값이 너무 비싸 일 년에 한두 번 호사로 족하다. 예약도 어렵거니와 입구에 놓인 의자에서 대기하는 사람들 때문에 오래 앉아 있을 수도 없다. 그냥 달랑 스테이크 몇 조각 먹고 자리를 떠야 한다.

쉐이크쉑버거는 또 어떤가. 발음도 재미있지만 맛은 시크해서 스타벅스와도 궁합이 잘 맞는다. 세상의 모든 음식이 다 모인 도시에서 이 세 가지가 유독 다양한 사람들의 혀를 가장 많이 사로잡았다는 사실, 어쨌든 대단하다 아니할 수 없다. 뉴욕에 가면 이 세 가지 음식을 맛보아야 여행에 방점을 찍는 거란다. 유념하기를.

다종다양한 미식의 세계

뉴요커들은 차분히 테이블에 앉아서 레스토랑 음식을 즐기기도 하지만 워낙 바쁘다보니 이동하면서 길거리 음식을 즐기는 경우도 많다. 타코나 핫도그부터 와플이나 아이스크림까지 다양한 길거리 음식을 맛볼 수 있다. 빠르고 저렴하게 즐기는 길거리 음식뿐 아니라 다인종이 사는 도시답게 피자나 파스타, 중국 음식이나 스시, 중동 음식과 태국 음식 등 다국적 음식을 어디서든 쉽게 접할 수 있다. 미슐랭 가이드를 봐도 뉴욕이 미식의 도시임을 알 수 있는데, 2022년 미슐랭 가이드에 이름을 올린 뉴욕 내 식당은 약 480여 곳이다. 이중 별 세 개를 받은 곳이 다섯 곳, 두 개를 받은 곳이 열두 곳, 하나를 받은 곳이 마흔여덟 곳으로 미국 내 다른 도시와 비교했을 때도 월등히 많은 수다.

하지만 뉴요커에게 뉴욕을 대표하는 음식을 물어보면 스테이크라고 답하는 사람이 많다. 나름의 노하우로 정성껏 숙성한 질 좋은 스테이크를 불의 세기와 시간을 절묘하게 조절해 구워내는데 이름난 레스토랑은 이른 예약이 필수다.

뉴요커들의 이러한 스테이크 사랑 때문인지 미국의 경제지 『포천』에서는 엥겔지수를 본떠 '스테이크하우스 지수'를 만들기도 했다. 미 경제가 호황인지 불황인지 스테이크 소비를 통해 판단할 수 있다고 분석한 것이다. 피터 루거 스테이크, 울프강 스테이크하우스, BLT스테이크, 델 프리스코, 올드 홈스테드 스테이크하우스 등 역사와 전통을 자랑하는 스테이크하우스도 여럿이다.

백주 대낮의
　검은 비

9·11 뉴욕.
마지막으로 하늘이 푸르르던 그날 이후에
이윽고 깨닫게 된다.
어느 날 그 푸르디푸른 하늘에서
검은 비가 장대처럼 쏟아지기 전,
조종朝鍾이 울리고 바다와 하늘이 서로 뒤집히기 전,
모든 기쁨은
아주 사소한 것이라 할지라도
미루어져서는 안 된다는 것을,
삶은 부서지기 쉬우니
사랑의 고백 또한 미리 챙겨두어야 된다는 것을,
더이상 덧없는 것을
영원한 것으로 생각하지도 말아야 한다는 것을,

사랑의 근처에는 늘 이별과 슬픔의 예감도 함께 있다는 것을.

9·11.

서로 마주보던 빌딩.

늘 안갯속 정물처럼 그 자리에 서 있던 그 풍경은 무너져내렸고

논리, 야망, 지성, 자본 같은 단어는 휴지처럼 날아다녔다.

그러나 그날 검은 연기와 시뻘건 화염 속에서는

다른 하얀 구름이 저희끼리 몰려다니며

글자 하나를 만들고 있었으니

사랑이라는 글자.

허공에서 그 구름 글자가 묻는다.

당신은 충분히 사랑하고 있는가.

그렇다.

허연 이빨을 드러낸 적의와 분노에 맞설 수 있는

가장 강한 힘은

사랑이고말고다.

연약한 듯 보이는 그 단어는 땅을 흔들고

하늘을 움직이나니.

그러니 약한 것들일수록

볼을 부비고

무너진 터에서 서로를 부축하며 다시 일어설 일이다.

그날 뉴욕은 거대한 상갓집.

하얀 꽃은 둥둥 떠다니고

슬픔은 강같이 흘렀지만
그 대신 지혜 하나를 얻었나니
부디 서로 사랑할 것.
그리고 더 높이 오르기 위해 잃어버렸던 것들을 챙길 것.
아픈 날일수록,
슬픔이 저희끼리 엉겨붙어
진물 흐르는 날일수록
괜찮다,
다시 일어서서
조금씩 밝아오는
하늘 저편을 바라볼 것.
그러다보면 먼 훗날
흉터 위로
파란 싹 하나 움터오리니.

선한 자의 죽음, 폭풍 같은 재앙은 왜 일어나는 것일까. 그럴 때 신은 왜 침묵하는 것일까. 땅이 터지고 악의 웃음소리가 천지에 가득한 그 때, 소리 죽여 눈물마저 삼켜야 되는 그때에도 아직 신은 우리에게 멀리서 오는 희망을 기다리라고 말하고 싶으신 걸까. 흡사 교향악처럼 장중하고 아름다운 문체를 구사했던 C. S. 루이스는 어느 날, 개인적 슬픔을 당하고 크게 휘청거린다.

그는 굳이 클라크라는 가명으로 자신의 상실과 고통을 일기처럼 써서 서랍에 넣어둔다. 그는 자신의 슬픔과 고통의 면전에서 '쾅' 하고 하나님의 문이 닫히고 그 위에 다시 빗장까지 걸리는 소리를 들으며 털썩 무릎 꿇고 주저앉았다고 고백한다. 평온하던 시절 『순전한 기독교』라는 명저로 환호와 절찬을 받았던, 그리하여 일부 추종자에게는 그 이름 앞에 '세인트'라는 별호까지 받았을 만큼 신의 대리인 같던 그가 아내의 죽음을 겪자 속절없이 무너져내렸다. 성인 부근까지 갔다가 초라하게 인간의 모습으로 돌아오는 순간이다.

『사후생』으로 유명한 임사학자 엘리자베스 퀴블러 로스 또한 수많은 임사 체험자들을 인터뷰한 결과, 죽음은 결코 어둡고 음습한 곳으로 끌려가는 무서운 여행이 아니고 빛의 터널을 통과하여 지상과는 비교할

우는 신
9·11 그 끔찍한 재앙 앞에서 신도 눈물을 흘렸을 것만 같다.

수 없이 아름답고 황홀한 곳으로 가는 것이라고 눈에 본 듯 누누이 설명한 바 있다. 그러나 정작 자신이 암으로 죽어갈 때는 하늘에 대고 "당신이 어찌 내게……"라며 흐느꼈단다. 그 여장부 역시 죽음이 자기 앞으로 걸어오자 무너져내린 것이다. 그러고 보면 인간은 신의 관점에서 보았을 때는 연민, 다만 연민의 대상이 아닐까 싶다.

언젠가 식사 자리에서 이제는 고인이 된 이어령 선생이 혼잣말처럼 불쑥 말했다. "성경을 읽으면서 의아했던 대목이 많았는데, 예컨대 유대인이 똑같은 죄를 짓고 회개하면 그때마다 용서해주는 하나님에 관한 것도 그중 하나였어요. 양자 사이에 짜증날 만큼 거듭거듭 죄와 용서가 이어지는데 그 루틴을 이해하기 어려웠거든요. 그런데 인생을 이만큼 살고 보니 '아, 그래서 그랬구나' 싶은 깨달음이 와요. 영원 속에 계신 분이 제한된 시간 동안 살다가 소멸해갈 인생에게 갖는 감정은 연민, 오직 연민뿐이었으리라는 것을 깨닫게 되었어요. 육신의 부모 자식 간에도 마찬가지인 것 같아요. 강한 쪽에서 보면 연민이라는 카드밖에 쓸 게 별로 없어요."

평소 잘 드는 칼처럼 논리를 휘몰아치던 선생이 그날은 차라리 어둔할 지경이었다. 세계의 수도 뉴욕이 백주 대낮에 당한 9·11. 그 끔찍한 재앙 앞에서도 신은 다만 연민의 눈물을 흘리지 않았을까 싶다.

어느 날 갑자기 덮친 인생의 슬픔과 고통. 한 발자국도 앞으로 뗄 수 없는 어둠과 절망. 그리고 이어지는 무고한 죽음. 삶의 이 불가해성 앞에 서면 사람들은 차마 '왜'라고 물을 힘도 잃고 만다. 『마음에게 말 걸기』를 쓴 저명한 상담심리학자 대니얼 고틀립은 어느 날 아침, 가족들에게 키스를 하고 집을 나와 살짝 언 잔디 마당을 지나 차의 시동을 건다. 그리고 이내 자동차 사고가 나서 평생 반신불수로 살아간다.

그의 책에는 '맥스'라는 이름의 한 가난한 재단사 이야기가 나온다. 맥스는 어느 날 퇴근길에 복권 한 장을 샀는데 그게 당첨된다. 아내는 기뻐하며 생애 처음으로 값비싼 양복에 구두를 선물했고, 빼입고 나가던 그는 그만 길을 건너다가 자동차 사고로 즉사한다. 도처에 널린 삶의 불가해성 앞에서 인간은 너나없이 속수무책이다. '왜 이런 일이?' 혹은 '어찌 내게 이런 일이'라며 주저앉을 뿐이다.

활기찬 뉴욕, 철없는 소년처럼 부산스러운 이 도시를 걷다가 마침내 마주친다. 깊은 물속에 잠긴 듯 아니면 햇살에 바랜 듯한 그 아픈 기억의 현장과. 가슴이 쿵쾅댄다. 아픈 상처의 세포가 다시 일제히 소리지르며 일어서는 것 같다.

9·11의 시계는 그곳에서 '현전'으로 멈춰 서 있다. 쌍둥이 빌딩이 서 있던 자리의 그라운드제로. 수많은 흐느낌과 헌화 속에서 호명되던 이름이 거기 적혀 있다. 그 앞에 설 때마다 슬픔을 어떻게 삭여야 하는지 고개 숙이게 된다. 이 슬픔의 학교는 그래서 햇빛 쏟아지는 유쾌한 뉴욕을 찾는 사람들이 한 번씩은 꼭 참배해야 될 곳이다.

아픈 기억의 현장 속으로

그라운드제로Ground Zero는 원래 원자폭탄이 떨어진 지점을 뜻하는 용어였다. 뉴욕타임스에서 히로시마 원폭 투하 기사를 쓰면서 이렇게 표현한 것이 널리 퍼져 이후 통용되었는데 2001년 9·11테러 사건으로 무너진 세계무역센터가 있던 자리도 이렇게 불린다.

세계무역센터는 1968년에 착공해 1973년 완공된 복합 건물 단지로 총 일곱 개의 건물로 이뤄졌는데 그중 가장 유명한 것이 110층 규모의 쌍둥이 빌딩이었다. 완공 당시 세계에서 가장 높은 건물이었으나 9·11테러로 모두 무너졌다. 사망자만 삼천여 명에 이를 정도였던 9·11테러는 미국인뿐 아니라 전 세계인에게 큰 충격을 안겼다. 이 재앙의 현장을 뉴욕시는 새로운 차원에서 복구 수습하여 그 자리에 추모관 및 문화 공간을 세웠다. 쌍둥이 빌딩을 상징하는 거대한 인공 폭포인 노스 풀과 사우스 풀을 만들고 그 주변에 희생자들의 이름을 새겨두어 그날을 잊지 않은 이들의 발길이 이어진다.

그라운드제로
주소: Greenwich St, New York, NY 10007 미국
홈페이지: https://911memorial.org/

별빛 아래를 느긋이 거닐다

2부

캘리포니아,
   에덴의 서쪽

안개 낀 금문교의 사진 때문이었을 거야.
십오 세 무렵의 내게 샌프란시스코는 몽롱한 그리움의 도시였지.
그러다가 스무 살 즈음에 만난
〈샌프란시스코에 가면 머리에 꽃을 꽂으세요〉라는 노래로
그곳이 진보와 자유 그리고 젠더의 분홍색 만발한
사랑의 도시라는 것을 알게 되었어.
오르락내리락하는 정겨운 거리,
고요한 예술가 마을 소살리토
그리고 중국인 거리……
하지만 그리운 사람처럼 그리움의 도시도
먼발치로만 보는 게 좋은 것 같아.

샌프란시스코,

그 에덴의 동쪽은 이제 내게 점점 에덴의 서쪽이 되어가고 있어.

샌프란시스코에 갈 때마다

꽃 대신 새롭고 멋진 건물이 들어서는데

옛 분위기는 떠나가는 배처럼 희미해져.

심지어 물가의 '피셔맨스 와프'의 음식 가격마저

건물 따라 높아져만 간다니까.

그래서 얼른 이 도시를 벗어나서

몬터레이 바닷가의 캐멀, 페블비치 쪽으로 향해.

가는 길에 한없이 이어지는 샐리너스의 푸른 농지를 보아야

비로소 멀미처럼 출렁대던 마음이 가라앉아.

역시 내게는 초록이 약이야.

그러다 저 어느 곳에선가 살았을

글 농사꾼 존 스타인벡이 생각나지.

몬터레이만 샐리너스

스페인어로는 '소금 늪지'라는데,

그는 글쓰기의 소금 늪지에 빠진 사내였어.

온화한 기후 탓에 포도와 딸기의 산지가 되었는데

외로운 소년 존 스타인벡,

가끔씩 포도 상자를 나르면서

그 속 포도들의 속삭임을 들었을 거야.

대학을 때려치우고 내게로 돌아오라고 말이야.

낮에 일하고

밤에 방향 없는 글을 써서

사방으로 날렸지만 대답이 없어
그때쯤엔 '결여는 나의 힘'이라는 것도 알았을 거야.
그럼에도 이 힘 좋은 사내, 지칠 줄도 모르고
그 억센 어깨로 포도 상자를 나르면서 쓰고 또 썼다지.
그때 아마 포도 상자 속의 속삭임은
'분노의 숨소리'로 바뀌었을지도 몰라.

저 홀로 익어서 툭툭 떨어지는 포도.
그의 귀에는 파열음을 내는 비명으로 들렸을 거야.
노동의 착취와 맞서고 저임금과 싸우며
마차에 가솔을 태우고
기약 없이 먼 곳으로 떠나가는 사람들을 보면서
둥둥둥
그의 가슴은 고동쳐왔겠지.
왜 열심히 일하는데도
늘 세끼 밥상은 자유롭지 못한가.
어느새 그는 '포도밭의 운동권'이 되어
사회 쪽으로 발걸음을 성큼 내딛고 있었어.
포도의 진실을 알려야 돼.
그리하여 신문기자 르포처럼 써낸 『분노의 포도』로
그는 자고 일어나지도 않았는데 유명해지고 말았지.
그에게 영광을 가져다준 『에덴의 동쪽』 역시
캘리포니아 샐리너스가 배경이야.
그가 말하는 동쪽이란

그의 서 있는 곳에서 봤을 때 아름다운 노동이 있는 곳,

그리고 약간 왼쪽.

이제 포도밭은 내파밸리로 가고

그곳의 포도는 더는 분노할 이유가 없이 호사를 누리고 있겠지.

샐리너스는 딸기밭으로 바뀌고.

딸기는 수줍어할망정 분노하지는 않잖아.

그 이름만으로도 살짝 설레던 샌프란시스코. 하지만 이제는 이곳도 분위기가 바뀌어가는 게 느껴진다. 건축박람회장같이 새롭게 들어선 세련된 건물 아래로 걸어가는 노숙인도 늘어난 듯하고, 푸근하던 인권과 평화의 도시에는 알싸한 위험 지수 같은 것도 피부로 와닿는다. 언젠가 코리아 파운데이션 강사로 초청받아 아시아 아트 뮤지엄에서 강의했는데 그때 호텔 음식마저 입에 안 맞아 하루 한 끼를 거의 중국인 가게 한쪽에서 한국 컵라면을 홀홀 불어 먹으며 때우곤 했다.

그러다가 문득 이 도시를 자주 다녀갔을 시골 작가 존 스타인벡이 떠올랐다. 샐리너스의 가난한 농장과 이 풍요로운 도시를 왕래하며 그는 무슨 생각을 했을까.

샐리너스. 카인은 아벨을 죽이고 정처 없이 에덴의 동쪽으로 떠났고 소설 속 새뮤얼 해밍턴은 엘도라도를 향해 서쪽 샐리너스로 갔는데 우직한 존 스타인벡은 이곳이 약속의 땅인 양 살아서도 죽어서도 줄곧 그 자리를 지켜낸다. 그러니 그는 영원한 캘리포니아 샐리너스 사람인 셈이다.

트럭을 개조한 캠핑카에 애완견 찰리를 태우고 정처 없이 다니며 『찰리와 함께한 여행』을 쓰기도 했던 그 노벨 문학상의 작가. 아내가

캘리포니아 포도는 익는데……
저임금에 시달리다 이주해가는 포도원 농부들의 이야기를 담은 『분노의 포도』. 이 작품으로 존 스타인벡은 유명해졌다.

세 번씩이나 바뀌었지만 결국 여행의 반려자는 애완견이었던 셈이다.

어떤 면에서 존 스타인벡은 어니스트 헤밍웨이와 닮은 듯 다른 삶을 살았다. 헤밍웨이가 쿠바 아바나의 별장 핑카비히아로 유명인들을 불러 화려한 파티를 자주 열었다면 존 스타인벡은 낡은 차로 미국을 종주했다. 하지만 허무와 외로움에 지쳐가기는 두 사람 모두 매한가지. 파티가 끝나고 사람들이 돌아가면 한 사람은 네번째 아내의 무릎에 엎드려 엉엉 울고, 한 남자는 어둠 속에서 길가에 모닥불 피우고 애완견 찰리와 불길을 바라보며 떠나간 사랑과 붙잡을 수 없는 추억에 눈물지었다.

그런 면에서 작가란 너나없이 따스한 불빛을 찾아 헤매는 열세 살짜리 소년 같은 존재다. 불빛이 보이지 않는 겨울이 너무 춥고 불안해 스타인벡은 『불만의 겨울』을 썼을지도 모른다. 그는 특히 체험을 소설화하는 데 능했다. '보지 않는 것은 그리지 않는다'는 사실주의 화가들과도 비슷한 셈이다. 작품의 어느 점 하나 그의 눈이 기록한 내면 일기 아닌 것이 없다. 샐리너스의 스타인벡 기념관에서 멀지 않은 곳에 자리한 그의 생가는 빅토리아 시대의 낡은 건물 그대로다. 그가 첫 단편을 썼다는 집필실도 그 이층에 그대로 남아 있고 태어났다는 방도 여전하다.

서른 무렵까지 변변한 직업 없이 지내다가 첫 소설을 쓰자 그의 어머니는 책방을 찾아다니면서 아들의 책을 사달라고 간청했다. 하지만 완전 무명 신인의 책을 사주는 서점은 거의 없었다는 전설 같은 얘기가 전해진다. 그런데 뒤집어보면 이런 궁핍과 고난의 세월 때문에 그가 사회의식에 눈떴을 것이다.

존 스타인벡의 문체가 말言의 성찬이나 미문美文 지향이 아니라 건조한 기사체로 기운 것도 그런 이유일 터. 이 또한 헤밍웨이와 자주 비교가 되지만 역시 같은 듯 다르다. 헤밍웨이의 글은 선이 굵고 간결하게 마초적 힘의 우월과 소멸을 그린다면, 존 스타인벡의 글은 따뜻한 시선의 사회주의 리얼리즘적 수법으로 이웃의 이야기를 들려준다.

존 스타인벡의 영향일까. 언제부터인가 캘리포니아에 가면 교차로 같은 데서 지나가는 트럭에 개와 함께 탄 중절모 쓴 사내가 있는지 가끔씩 살펴보는 버릇이 생겼다.

포도밭의 운동권, 존 스타인벡

존 스타인벡John Steinbeck(1902~1968)은 캘리포니아주 샐리너스에서 나고 자라며 이 지역의 해안과 계곡을 배경으로 많은 소설을 발표했다. 어린 시절부터 글쓰기에 관심을 보여 1919년 스탠퍼드대에 입학하나 경제적 이유로 1925년에 중퇴한다. 이후 오 년간 뉴욕에서 기자로, 막노동꾼으로 일하다가 고향으로 돌아와 1929년 첫 소설 『황금의 잔』을 발표한다.

처음에는 크게 인기를 끌지 못하다가 1935년 발표한 『토르티야 대지』로 이름을 알리기 시작한다. 1930년대 후반 캘리포니아 노동자 계급의 삶을 다룬 『의심스러운 싸움』『생쥐와 인간』『분노의 포도』를 써내려가며 리얼리즘을 대표하는 작가로 입지를 굳힌다. 이후에도 『통조림공장 골목』『에덴의 동쪽』 등의 소설을 꾸준히 발표했고, 애완견 찰리와 함께 넉 달간 미국 구석구석을 누빈 뒤 이를 담은 에세이 『찰리와 함께한 여행』 등을 펴냈다. 1940년 퓰리처상을, 1962년 노벨 문학상을 수상했다. 대표작 『분노의 포도』『에덴의 동쪽』 등이 영화화되면서 대중과 문단의 사랑을 두루 받았다. 1968년 사망했다.

국립 스타인벡 센터
주소: 1 Main St, Salinas, CA 93901 미국
홈페이지: http://www.steinbeck.org/

은은한 그
　　보랏빛 추억

캐멀비치.
석양의 빛을 마주하기에
이만한 곳도 없지.
해변에 앉아
바다색과 섞이는 보랏빛을 보노라면
그 빛은 어두운 내 안까지 들어와
화안하게 밝히고
다시 돌아나가는 것 같아.
들숨에 묻어 들어왔다가
날숨에 나가는 저 빛.
그 위로 하늘하늘 떨어지는 꽃잎,
꽃잎 같은 인생이여.
밤이면 별들은 와르르 쏟아질 듯

서늘한 바람을 함께 데리고 와서
도시로부터 달고 온 눈썹 끝의 피로를
쓸어주는데
멀리서 깜박이는 불을 달고 가는
배 한 척.
어디로 가는 걸까.
아픈 나의 세월들도 그렇게 싣고 가주기를.
사람들 사이의 그 마음 모서리며
근심의 한 올까지도
또한 그렇게 싣고 가주기를.

캐멀비치,
그 석양빛은
너무 황홀하거나 강하지도 않고
다만 은은한 보라색으로 그냥 소멸해가는 빛.
우주 저편으로
슬플 것도 없이 떠나가는 빛.
그 신비한 보랏빛 한 가지로만 위로받고 싶다면
느린 기차에 몸을 싣고
낡은 가방 하나 든 채
터벅터벅,
수줍은 듯 돌아앉은
그 바닷가 마을을 찾아가볼 일
밤이면 외롭게 철썩이는

물소리뿐

어둠은 땅과 경계 없음으로 아득해지고

낮 동안

물 쪽으로 슬며시 기울이었던 몸체를

나무는 스스로 거두어들여

잠이 드는 곳.

돌아와서

작은 비앤드비호텔의

정갈한 침상에 누우면

어느새 창밖까지 따라온

밤의 물소리.

그리하여 배운 것은

떠나보내는 일과

가볍게 돌아갈 일 하나.

도시의 문제는 도무지 '고독'이 잘 안 되는 것이라고 했던 시인이 있었다. 어디 고독뿐이겠는가. 바라볼 밤하늘이 사라지고 별빛이 지워져버린 것 또한 우리가 잃어버린 것이 아니겠는가. 밤이 지워지고 별빛이 사라져버린다는 것은, 그리하여 바라볼 하늘이 없어진다는 것은 생애의 반이 날아가버리는 일이기도 하다.

그래서였을 것이다. 언제부터인가 헨리 데이비드 소로의 오두막은 도시의 삶에 지친 이들에게 로망처럼 여겨지기도 했다. 하버드대를 나온 그는 젊어서부터 늘 강과 숲으로만 그 마음이 향했다. 마침내 숲속에 들어가 작은 오두막 한 채를 짓고 살던 그가 자신의 일상을 기록한 『월든』은 일종의 자연 사상서로 자리매김하며 많은 이에게 영향을 미친다. 그는 소비가 미덕이 될 즈음에 일찍이 '나는 자연인'이라며 숲으로 걸어들어간 남자였다.

허다한 도회인들이 비록 몸은 떠나지 못해도 소로를 따라 한다. 소로의 『월든』을 경전처럼 읽으며, '도시는 문명의 가래침'이라는 자극적인 말과 함께 "자연으로 가라"면서 평생 도시를 벗어나지 않고 교육자와 음악가로 살았던 루소와 소로를 비교하기도 한다.

생각나는 또 한 사람. 게오르크 루카치. 그는 '문명의 과도한 속도는

해변의 추억
태양빛과 바람 소리, 물소리가 머무는 캐멀비치에서의 시간. 영혼을 어루만지는 시간과 같
았다.

영혼의 진보적 타락에 이를 것'이라고 일갈한 바 있다. 그 헝가리 문학 평론가의 말은 오늘날 어쩌면 그렇게나 맞아떨어지는 걸까. 그는 조만간 '좀더 빨리!'가 지고선至高善이자 화두가 될 오늘날 사회를 내다본 것 같다. '사회적 존재'의 인간은 그 시대가 처한 속도에 편승하는 것이 상책이겠지만 때로는 홀로 천천히 석양을 향해 걸어가는 편이 나을 때도 있다.

어떤 풍경은 걸어서 이르러야 더 아름답기 때문이다. 세상에 작다고 다 착하고 아름답지만은 않을 것이로되 캐멀비치, 그 바닷가의 작은 집에는 확실히 고요하고 정갈한 아름다움이 있다. 진정 천천히 걸어서 닿고 싶은 곳이다. '문명의 과도한 속도 열차'에서 내려서 한 번쯤 바다가 보이는 숲속 작은 집으로 가려는 사람이라면, 굳이 소로의 옛집이 아니더라도 낙타 허리처럼 구부러진 바닷가의 불 켜진 그 작은 마을로 가보라고 말해주고 싶다.

샌프란시스코에서 드넓은 초원 같은 야채밭을 차로 두 시간쯤만 지나면 검은 숲 사이 군데군데 하얀 모래톱이 드러나고, 거기 수줍은 듯 돌아앉은 작은 마을이 나타난다. 한없이 부드러운 모래밭과 고요히 흐르는 물과 숲속의 길. 캐멀비치에서 스패니시베이라고 부르는 해안까지 따라가노라면 사슴이 한가하게 풀을 뜯는 연둣빛 풀밭과 햇살이 반사하는 하얀 조약돌에 부리를 씻는 물새가 보인다.

그리고 요정이 사는 나라인 양 올망졸망한 작은 집들. 아닌 게 아니라 에른스트 슈마허의 '작은 것이 아름답다'는 말처럼 작아서 아름다운 모습이다. 그중에서도 예쁜 선물 가게와 갤러리가 눈길을 끈다. 남은 날을 이 작은 마을에 묻혀 그림이나 그리며 살까 싶을 정도이다. 대도시 가까이에 이런 바닷가 마을이 있다니 기적 같은 축복이다.

멀리 모래밭을 뛰어가는 개와 천천히 걷는 노부부. 키 큰 자작나무숲과 그 위를 스치는 바람. 이른바 '17마일 드라이브' 코스를 달리다보면 이런 풍경이 간단없이 이어진다. 작은 비앤드비 호텔에서 스케치를 하고 시를 끄적이며 보내다가 한 번쯤 바이올린 실내악 음악이 흐르는 호사한 식당에 앉아 멀리 불을 달고 가는 밤배를 보노라면 과도하지 않은 속도라 할지라도, 확실히 속도는 선善이 아니라는 생각에 이르게 된다.

그런 밤이면 창가에 초를 세 개씩이나 켜놓고 기도처럼 소리 없이 울게 된다. 그냥 살아 있음에 대한 감사의 눈물이고말고다. 가톨릭에서 하루 세 번 드린다는 기도 중 저녁 기도인 만도晚禱가 가장 그분과 가까이 있는 기도라는 말에 수긍이 간다. 저녁 기도는 출발선에 선 욕망의 기도와 다르다. 모든 걸 내려놓고 집으로 돌아가면서 드리는 기도인 것. 맞다. 그런 기도는 콘크리트로 세워진 교회나 성당보다도 이런 작은 바닷가 마을에서 홀로 드리는 것이 좋다.

그렇게 물소리를 들으며 잠들었던 단잠에서 깨어나는 아침엔 나뭇잎 사이로 반짝이는 햇살을 보며 맨발로 걷는다. 혼자 걷는 길이지만, 풍요롭다. 세상은 '수고한 당신, 떠나라'라고들 한다. 하지만 떠들썩함과 분주함 속으로 떠난다면 떠나도 떠나는 것이 아니다. 오히려 이 숨겨진 바닷가 작은 마을 같은 곳에 와서 숨어살듯 아침저녁 햇살과 노을 속에서 홀로 고요를 배우고 돌아가는 편이 제대로 삶의 밭고랑을 걸어가는 일은 아닐까. 그것은 저 광속의 번쩍이며 가는 시간을 이겨내는 한 방법이기도 할 것이다.

작지만 아름다운 곳, 캐멀비치

새하얀 백사장과 목가적 풍광이 펼쳐진 캐멀비치는 낙타 등처럼 둥글게 휘어졌다고 해서 이런 이름이 붙었다. 바닷가 쪽으로 키 큰 나무가 휘어 있고 새파란 바다 물결이 치는 모습은 사람뿐 아니라 이곳을 함께 찾은 반려동물까지 매혹시킨다.

캐멀비치와 페블비치를 지나 스패니시비치까지 이어지는 '17마일 드라이브' 코스는 미국 서부의 대표적 경관 여행지로 꼽힌다. 1920년대에 지어진 별장과 울창한 델몬트숲을 비롯해 버드록, 포인트조, 사이프러스 포인트 룩아웃 등 다양한 명소와 골프장 등을 이용할 수 있다. 4~6월에는 점박이바다표범이 새끼와 함께하는 모습도 볼 수 있어 인기다.

17마일 드라이브 코스는 일출부터 일몰 때까지만 개방되는데 개인 차량은 입장료를 내야 출입이 가능하나 자전거로 이동하는 사람이나 도보 여행자는 무료로 지나갈 수 있다. 연중 최고 기온은 보통 14~21도 정도 되고 여름에는 거의 비가 내리지 않는 쾌적한 기후라 많은 관광객이 이곳을 찾는다.

누구나 가야 한다,
밤으로의 긴 여로를

플래시는 터지고

막이 올라도

누군가는 무대 뒤에서 막막하고 외롭다.

추운 삶이 울고 싶어진다.

갈수록 그렇게

삶은 막막하고 공허한데

밤을 달리는 열차는 쉬는 법이 없다.

물론 그 밤의 열차에서 내릴 수는 더더욱 없다.

창밖으로는 봄의 연둣빛이 보이는 것도 같지만

여기는 아직 한겨울이다.

흔들리며 가는 열차.

혼자 가는 먼 길.

기댈 어깨 하나 없이

삶은 닳아 없어지는 양초처럼
타들어가는데.
흔들리며 가는 열차는
쉬는 법이 없다.

—

1977년 가을, 35개월 17일 만에 제대하여 강원도에서 서울로 돌아오
니 내 청춘의 한 토막이 뭉텅 잘려나간 느낌이었다. 그 잘려나간 끝자
락을 어디로 이을지 몰라서 서성였다. 늦은 가을이었고 천지가 쓸쓸했
다. 대학의 실기실로 들어가기는 춥고 스산했다. 그때 만난 것이 연극
동네다. 거기서 군불을 쬐기 시작했다.

무대에 눈길을 뺏기다보면 어물전 생선처럼 말이 퍼덕이는 느낌이었
다. 군대에서 삼 년 동안을 언어 없이 살았다. 무거운 장총을 들고 흰
눈밭에서 보초를 서거나 고철 같은 무전기를 메고 휘영청 뜬 달을 바라
볼 뿐이었다. 몸이 고달픈 것 못지않게 언어의 허기가 왔다. 무대 위의
불꽃튀는 말을 보니 비로소 살아 있는 느낌이 왔다.

대책없이 연극에 빠져들었다. 그때 누군가 '한국 극작 워크숍'이라는
것이 있다고 귀띔해주었다. 연극을 제대로 알려면 혹은 사랑하려면 희
곡부터 공부해야 하는데 모여서들 영미 희곡을 공부하는 곳이 있다는
것. 가끔은 거기서 자신의 습작을 발표하기도 할 뿐 아니라 운이 좋으
면 연극 무대에도 올릴 수 있다고 했다. 늘 남의 작품만 보다가 내가 쓴
글로 연극의 막이 오를 수 있다는 말에 가슴이 두근댔다.

물어물어 녹번동인지 불광동인지 긴 담을 가진 영문학자 여석기 교

수 댁을 찾아갔는데 아닌 게 아니라 거기서 '한국 극작 워크숍'이라는 것이 열리고 있었다. 여석기, 한상철 두 영문학자가 지도 교수로 있었다. 매주 그 녹번동인지 불광동인지 긴 골목의 긴 담을 지나 비밀 결사 모임이 열리는 듯한 그 댁으로 갔다. 당연히 그림은 뒷전이었다. 거기서 처음 발표한 희곡이 〈십자가 내려지다〉였다. 베트남전에서 돌아온 병사(나는 베트남전이 끝나던 1975년 1월에 입대하였다)가 한 윤락녀를 만나서 황폐해진 영혼을 그녀에게 위로받는다는 내용이었는데 극작 워크숍에서 열띤 공방을 거친 뒤 당시 용산에 있던 민중 소극장에서 날리던 연출가 정진수 연출로 막이 올랐다. 미대생이 쓴 희곡이 기성 연극 무대에서 유명 연출가의 연출로 올려진다는 신문기사가 나왔다. 이에 기라성 같은 배우, 연출가, 평론가가 민중 소극장에 빽빽하게 몰려와서 나를 놀라게 했다.

폐일언하고, 그 나의 연극 시대에서 만난 것이 〈고도를 기다리며〉의 사뮈엘 베케트와 〈밤으로의 긴 여로〉를 쓴 유진 오닐이었다. 유진 오닐에 대해 뭘 공부했는지는 기억이 희미하다. 하지만 연극 평론가이자 영문학자였던 두 분 교수가 유진 오닐의 필모그래피와 함께 그가 미국 최고의 희곡 작가라고 강조했던 대목만은 선명하다. 〈느릅나무 밑의 욕망〉이라는 작품과 〈밤으로의 긴 여로〉에 대한 그이들의 해설도 흥미로웠다. 그 유진 오닐의 집을 찾아간다. 샌프란시스코 덴버라는 곳으로.

그 집의 이름은 타오道. 평생 자기 집을 가져보지 못한 그 극작가는 노벨 문학상 상금으로 받은 4만 달러로 댄빌에 약 20만 평에 달하는 거대한 농장을 짓고 디아볼로산이 바라보이는 언덕에 그야말로 그림 같은 이층집을 지었다. 이 집에서 그는 중국 문화에 심취되어 있던 세번째 아내 케로타와 살림을 풀었다. 그녀는 중국의 예술과 종교에 푹 빠진 여자였는데 샌프란시스코가 워낙 중국풍이 드센 도시라는 점과 무관하지 않았을 것이다. 그녀는 고등학교 때부터 도교 사상에 빠져들었는데 그 도교의 초월적 신비주의를 유진 오닐의 연극 미학 속에서도 보았음 직하다.

오닐은 이 집에서 1937년부터 1943년까지 살았는데 집안 곳곳에는 부인의 중국 취향이 묻어나 있다. 흡사 상하이의 양관洋館에라도 들어온 느낌이다. 이층에는 서재가 있는데 각각 다른 벽을 향해 두 개의 책상과 두 개의 의자가 놓였다. 작가가 한꺼번에 두 작품을 쓰기 위해 그렇게 배치한 것이란다. 다분히 연극적이다. 예컨대 한 공간에서 서로 다른 상상력의 실타래를 풀어놓는 셈이다. 침실에는 중국 청조의 황실에서나 쓰였음 직한 중국풍 침대가 놓여 있다. 그런데 천장은 온통 회색. 오닐이 유난히 안개를 좋아해서 그런 색을 칠했다는데 그러고 보니 집안에서 발견된 유일한 그의 취향이기도 하다. 그 회색은 외로움과 불안과 고독의 외침 같아 보였다.

유진 오닐은 헤밍웨이와 다른 듯 같은 작가다. 헤밍웨이처럼 세 번 결혼했고 거주지 또한 자주 옮겨다녔다. 자살을 시도했고 자살에 대해 자주 생각했으며(헤밍웨이처럼 자신에게 방아쇠를 당기지는 않았지만) 드넓은 전원에서 개와 함께 많은 시간을 보냈다(둘 다 집필실 근처에 개 무덤을 만들어주기도 했다). 거칠고 강하면서 동시에 여리고 약했다. 여인과 자연과 심지어 동물에게까지 연연했고 의지하려 들었다. 딸과는 의절했고 세번째 부인과도 만나고 헤어지기를 거듭했다. 대체로 공호하고 우울한 삶이었다. 생애 자체가 '밤으로의 긴 여로'였다.

회색빛 인생의 여로, 유진 오닐

유진 오닐Eugene O'Neill(1888~1953)은 '미국 현대 연극의 아버지'로 불린다. 연극 배우인 아일랜드계 이민자의 아들로 태어났다. 유랑 극단에서 일하는 아버지를 따라 호텔방과 기차와 무대 뒤편을 전전하며 어린 시절을 보냈다. 1906년 프린스턴대에 입학하나 자퇴한다. 이 무렵 결혼해 아이까지 있었지만 부에노스아이레스, 리버풀 등 밖으로 떠돌았고, 알코올중독, 우울증, 자살 기도 등 어려운 시기를 겪었다.

1912년 결핵 때문에 요양원에 입원했는데 이때 극작가 스트린드베리와 입센의 작품을 접하고 극을 쓰게 된다. 1916년에 첫 희곡 <카디프를 향하여 동쪽으로>를 발표하고 이어 <지평선 너머> <애너 크리스티> <이상한 막간극>으로 세 차례나 퓰리처상을 수상한다. 1936년에는 노벨 문학상을 수상하며 미국 최고 극작가로 자리매김하나 병고와 우울증으로 작품 발표와 상연을 중단한 채 창작에만 몰두한다. 보스턴의 한 호텔에서 여생을 보내다가 1953년, 태어날 때와 마찬가지로 호텔방에서 세상을 떠난다. 캘리포니아 댄빌에 유진 오닐이 살았던 타오하우스 등이 남아 있다.

<밤으로의 긴 여로>는 늙은 무대 배우인 아버지, 마약중독자 어머니, 알코올중독자 형, 병약한 동생 등 유진 오닐의 가족사를 고스란히 담은 작품이다. 오닐은 사후 이십오 년이 지나기 전에는 절대 이 작품을 공개하지 말라고 당부했다.

그러나 사후 삼 년 만인 1956년에 발표돼 이 작품으로 유진 오닐은 네번째 퓰리처상을 수상한다. 현재까지도 꾸준히 세계 곳곳에서 무대에 올려지는 작품이기도 하다.

유진 오닐 국립 사적지
주소: 1000 Kuss Rd, Danville, CA 94526 미국
홈페이지: https://www.nps.gov/euon/

작가를 위한
  나라를 찾아서

세상 어디에서 출발했던
대양을 건너 그곳에 내리면
당신은 젊다.
노인을 위한 나라는 없다.
그러나 확실히 있다.
작가를 위한 나라는 있다.
있고말고다.
거기 상실한 사람들을 위한 바다로 가서
그 바다 소금물로
상처를 씻고 일어서면
두 다리로 다시 일어설 때
말들도 함께 일어서리라.

—

플로리다의 모든 시간은 느긋하다. 삶이 내장까지 햇살 속으로 나와 있는 것 같다. 한겨울에도 따뜻한 햇볕은 나무와 사람을 간지럽힌다. 공기 속에 숨어 있는 햇살의 알갱이는 때로는 일제히 퍼지는 민들레 꽃씨처럼 사방으로 퍼져나간다. 금방 녹는 눈처럼 어깨 위로 눈썹 위로 그리고 바다 위로도 햇살로 눈부시다. 그 따뜻한 공기의 미립자가 손에 만져지는 것 같다. 이 나른하고 행복한 땅에서 유독 먼 바다 쪽을 바라보며 우울한 한 사내가 있었다. 그 사내의 이름은 어니스트 헤밍웨이.

그가 살았던 섬으로 가는 파란색 고속도로는 거의 삼백여 킬로미터에 달한다. 달리다가 그대로 바다로 빠져들고 말 듯한 직선 도로다. 그 하염없는 일직선에 살짝 두려움이 스민다. 완만한 곡선이나 오르막길 내리막길 변화 없는 무지막지한 직선이 가져다주는 공포라니. 그 길 끝에서 닿게 된 키웨스트는 그러나 라틴풍 건물과 올망졸망한 가게가 모여 즐겁다. 어니스트 헤밍웨이. 그의 이름은 섬의 관광 산업이 되어 있었다. 그는 이 섬 화이트헤드에서 모히토를 마시며 두번째 아내 폴린 파이퍼와 십여 년을 보냈단다. 여기서 『무기여 잘 있거라』와 『킬리만자로의 눈』 같은 작품을 썼지만 다시 세번째 아내를 맞으면서 쿠바로 떠나버린다. 사람을 바꾸면서 장소의 기억마저 지우고 싶었던가보다. 하지만 아직까지도 그의 자취를 찾아서 마니아들은 불원천리 키웨스트를 찾아오고 '헤밍웨이의 집'에 들러 눈도장을 찍고 간다.

키 큰 종려나무를 호위병처럼 거느린 라틴풍 저택은 이제 고양이 천지다. 글을 쓰다가 작가는 이곳 테라스에서 고양이를 안고 느긋하게 햇빛을 즐겼다는데 사람은 가고 고양이만 남아 있다. 그마저 그 텁석부리 작가의 무릎에 앉아 있던 옛날의 그 고양이도 아니다. 어쨌거나 이곳의 삶이 익숙해질 즈음에 역마살을 타고난 사내는 바다 건너 다른 쪽을 보고 있었는데, 그곳이 바로 쿠바하고도 아바나 방향이었다. 그리고 어느 날 그는 바라만 보던 그곳을 향해 홀연히 길을 나서며 키웨스트에서의 삶을 통째로 옮겨간다. 그리고 아바나 시내에서 떨어진 핑카비히아라는 곳에 역시 수십 그루의 종려나무와 소나무가 서 있는 큰 땅을 사고 다시 집을 짓는다.

흔히 문약文弱, 무강武强이라고들 한다. 문은 약하고 무는 강하다는 것. 붓筆은 약하고 칼刀은 세다는 것이다. 확실히 글을 쓰는 문인은 행동하기보다는 사색하는 쪽에 가깝다. 그리고 실제로 사색하지 않고서는 글이 나오기도 어려울 것이다. 그런데 가끔은 직접 행동하는 문인들이 있다. 앙드레 말로나 루쉰이 대표적이다. 섬세한 감성과 마초적 기질을 함께 타고난 헤밍웨이 역시 이 계열이었다. 행동하는 문인, 거친 작가였다. 외양 또한 마치 야전의 장군 같은 모습이다. 어디에도 창백한 지식인 같은 이미지는 없다. 문명과 야만이 절묘하게 뒤섞인 것 같은 이 남자는 쿠바에 잘 어울린다. 아바나 근교 핑카비히아에 집필실을 마련하여 글 쓰고 파티를 열던 시절은 어쩌면 헤밍웨이가 진실로 행복했던 시절이 아니었던가 싶다.

쿠바에 갔을 때 그곳이 왜 헤밍웨이와 궁합이 맞았는지 감이 왔다.

그 땅은 묘하게도 가난마저 낭만이 된 곳이었다. 아프리카와 스페인계의 혼혈이라는 물라토 여인들은 화려했는데 진한 얼굴색에 지지 않으려는 듯 립스틱 색깔이 진하다못해 검붉었다. 그 진한 립스틱을 칠한 입술이 열리고 하얀 이를 드러내고 웃을 때면 얼핏 사냥감을 앞에 둔 맹수의 입 같다. 아바나는 분명 도시인데 얼핏 밀림처럼 느껴지는 곳이다. 중절모를 쓰고 웃통을 벗어버린 남자. 마른 담벽에 앉아 시가를 물고 있는 84세의 노인이 그곳에 있었다.

잠시 길을 묻는 동안에도 어디선가 한두 사람은 다가온다. 한결같이 건강하고 근심 없는 얼굴들이다. 그런데 한낮에 이들은 왜 이렇게 한가한 걸까. 뭘해서 먹고사는 걸까. 어쨌거나 나는 결코 노인이 아닌 일흔아홉 살 남자와 그 남자의 절반에 다시 절반밖에 안 되는 소년과 한나절 어울리며 보내기도 했었다. 호텔이라는 이름이 무색하게 가난해서 호텔 식사 메뉴로 삶은 계란 하나와 망고 몇 쪽과 요구르트에 마른 빵정도가 나왔지만 그곳에서도 가난에 기죽지 않은 무언가가 있었다. 먹고사는 일에 무심한 듯 묘한 자유로운 공기가 흐느적거리는 자본주의에 넌더리를 낸 헤밍웨이의 옷소매를 끈 것은 아니었을까. 은행도 쇼핑센터 같은 것도 약국도 주유소도 병원은 물론이고 편의점 같은 것도 눈에 띄지 않는데 사람들은 그냥 그대로 잘사는 것 같은 분위기. 자본과 소유의 욕망으로부터 비켜나 있는 것 같은 기묘한 자유로움이 그를 미소짓게 했던 듯하다. "맞아, 이곳이야"라고 홀로 중얼거리지 않았을까싶다.

손을 대면 그대로 주저앉을 것 같은 건물과 건물 사이로 만국기처럼 걸린 형형색색의 빨래들. 풍경도 그림이 되고 마는 낡고 늙은 가난한 도시에 그는 매료되었던 것이다. 나 역시 플로리다 아닌 아바나에서 헤밍웨이를 읽는다. 그 거리 자체가 그의 문학이 되는 곳이었다. 얘기가 길어졌지만 헤밍웨이와 쿠바의 궁합이 맞았던 것은 사실로 보인다. 작가는 플로리다와 닮은 코히마르 바닷가에서 푸엔테스라는 마을 어부와 가까이 지내면서 가끔 배를 타고 청새치를 잡으러 나갔고 『노인과 바다』는 그런 체험 속에서 나온 것이기도 했다. 일종의 에세이적 소설인 셈이다. 그런 그가 정치적 우여곡절과 소용돌이 속에서 다시 쿠바를 뒤로하고 미국으로 되돌아가야 했다. 그리고 얼마 후 자신의 아버지가 그러했던 것처럼 그는 총기로 자살한다. 죽음의 순간에 불타는 코히마르의 석양이 떠오르지는 않았을지. 그의 진정한 문학적 조국은 어디였을까. 작가를 위한 나라는 어디였을까.

바다를 닮은 소설가, 헤밍웨이

어니스트 헤밍웨이Ernest Hemingway(1899~1961)는 미국 일리노이주 오크파크에서 태어났다. 고등학교 졸업 후 대학에 진학하지 않고 수습기자로 일을 했다. 1918년 제1차세계대전 때는 적십자사의 구급차 운전병으로 참전하나 큰 부상을 입고 이듬해 귀국했다. 1921년에 캐나다 토론토 스타 신문사의 파리 특파원으로 일하며 스콧 피츠제럴드, 에즈라 파운드 등 유명 작가들과 어울리며 작가로 성장해간다.

1923년『단편 셋과 시 열 편』으로 작품 활동을 시작해 1926년『태양은 다시 떠오른다』를 발표하며 '잃어버린 세대'의 대표 작가로 주목받았다. 이후『무기여 잘 있거라』등을 발표하는데『노인과 바다』로 1953년에는 퓰리처상을, 1954년에는 노벨 문학상을 수상하며 대중뿐 아니라 평단에서도 큰 성공을 거두었다.

1920년대 파리에서 만난 도스 파소스에게 소개를 받아 미국 최남단에 위치한 플로리다 키웨스트로 향해 이 섬에서『누구를 위하여 종은 울리나』등 대표작을 발표했다. 키웨스트에서는 매년 헤밍웨이 생일이면 '헤밍웨이 닮은꼴 대회' 등 다채로운 행사와 함께 '헤밍웨이의 날'을 축제처럼 즐긴다.

어니스트 헤밍웨이의 집
주소: 907 Whitehead St, Key West, FL 33040 미국
홈페이지: https://www.hemingwayhome.com/

시간의
  연금술

삶은
어두운 밤하늘의 유성
혹은
화롯불에 떨어지는
눈꽃 한 송이.
그리고 사랑은
그 위로 번지는
눈물 한 방울.
지는 꽃 설워 마라 했지만
그 덧없음의 시간을 이겨내려면
우리의 삶이 얹힐 이야기가 필요해.
대신 울어줄 누군가도 필요해.
땅을 박차고

날아오르는 배트맨.

울음보다 깊은

웃음을 토해내는 조커도 필요하고말고.

내 몸을 빠져나간

어두운 마음이 쉴 수 있는

무지개 동산이 필요해.

가짜 위안이면 어때.

가짜 무지개라도 좋아.

슬픔과 허무를 잠재울 수만 있다면.

그 판타지 무지개와 나무 아래 누울래.

가도 가도 먼 길이 너무 고달파질 땐

꿈꾸는 나니아 연대기라도 적어볼래.

에디트 피아프의 고엽을 밟으며

생제르망데프레를 걸어볼 수도 있지.

오지 않은 연인을 기다리며

카사블랑카의 찻집인들 못 찾아갈까.

어쨌거나 삶을 회색빛 그대로 두어서는 안 돼.

우리에겐 너나없이 이야기, 이야기가 필요해.

시간이 페인트 부스러기처럼 갉아먹어 들어오게 둬서는 안 되고말

고.

그러니 청춘을 연장시키는

시간의 연금술을 좀 부려보자고.

이 세상 흘러간 것들을 모두 불러모아서

추억의 백화점을 좀 꾸려보자고.
유니버설 스튜디오.
그 만화경 속에 발을 디디면
인생은 더이상 외롭지 않고
삶은 더이상 고달프지 않아.
천사가 떠나간 도시이긴 하지만
아직도 남아 있는 신성한 숲.
늙은 사내는 전당포를 지키고 있고
〈용서받지 못한 자〉는 무법자가 되어
늦은 저녁 황야로부터 돌아오지.
오래전 집을 떠나온 여자는
흐느껴 울며 다시 가방을 꾸리고,
검은 외투의 중년 사내는
흔들리는 불빛 아래에서 마티니를 마셔.
시간을 한없이 늘려놓은
이 기이한 영토에는
오늘도 째깍째깍
시간으로부터 도망쳐나온
거꾸로 가는 또다른 시계가 흐르고 있어.
또다른 인생의
또다른 이야기가 한없이 풀려나오는 시계.

—

남쪽의 작은 읍에서 자란 나는 한국판 할리우드키드였다. 두 곳의 영화관을 그야말로 뻔질나게 드나들었다. 가끔은 포스터를 구해 방에 붙여놓고서 따라 그리기도 하고 영화를 보고 소감을 글로 적어두기도 했다. 삼십 분만 걸어도 끝에서 끝이 나오는 무료하고 빤한 곳에서 영화는 내 상상력의 지도를 무한히 확장해준 셈이었다.

나중에 뉴욕, 파리며 중동과 남미, 심지어 아프리카를 여행할 때마저도 언뜻언뜻 언젠가 와본 듯한 기시감이 들었던 것도, 소년 시절 영화관에서 살다시피 했던 이력 때문이었을 터이다. 영화제작소 유니버설 스튜디오가 위치한 로스앤젤레스는 그래서 내게는 성지 비슷하게 다가오기도 한다.

그런데 그 꿈의 도시 로스앤젤레스가 점차 로스트앤젤레스의 도시로 바뀌어간다는 사실을 알게 되었다. 영화는 저리 가라 할 만큼 로스앤젤레스에서 실제로 벌어지는 폭력, 마약, 총기 사건 등의 굵직한 사건 사고 소식을 들을 때면 따뜻한 햇빛, 바쁠 것도 없는 느긋한 거리, 그리고 평화투성이의 모습을 한 이 축복받은 도시가 사실은 천사마저 떠난 도시라는 생각이 스쳐갔다.

마찬가지로 산중턱에 내걸린 하얀 할리우드 문자판을 볼 때면 그 신

할리우드—실재와 환상 사이의 숲
영화의 재배 농장격인 할리우드 유니버설 스튜디오. 이곳에서 천변만화하는 캐릭터가 다
양한 인생 이야기를 풀어간다.

성한 숲이 가르쳐준 전혀 신성하지 않은 영화계 이야기가 떠오른다. 얼마 전 쿠엔틴 타란티노 감독이 오랜만에 내놓은 〈원스 어폰 어 타임 인 할리우드〉가 개봉됐다. 1969년 할리우드를 배경으로 일종의 다큐멘터리처럼 찍은 이 영화에서는 명장 로만 폴란스키 감독과 배우 샤론 테이트를 소환하고, 유니버설 스튜디오의 리샤오룽 꼭 닮은 대역배우가 괴성을 지르며 특유의 무술을 선보인다.

'무법자' 시리즈를 제작했음직한 세트장 거리로는 총잡이들이 먼지를 일으키며 말을 타고 들어와서는 카우보이모자를 눌러 쓰고 술통에 발을 올린 '장고' 닮은 사내와 금방이라도 한판 붙을 태세다. 영화는 '저때가 좋았어, 컴퓨터로 장난하지 않고 스턴트맨을 쓰던 저때, 촬영이 끝나면 주연 배우와 스턴트맨이 함께 어울려 바를 찾아 모여서 잔을 부딪치며 하루치 피로를 풀어내던 저때 말이야. 박수와 환호에 묻혀 청춘을 모두 바친 저때, 저 따스한 아날로그의 시대. 이제는 소품마저 그립다니까' 하는 식으로 풀려가는 성싶었다.

그러나 웬걸. 이 할리우드 다큐풍 영화는 문제적 감독 쿠엔틴 타란티노답게 엉뚱한 반전으로 이어진다. 주인공이 허접한 아마추어 청년들에게 예기치 않은 총기 습격을 당한 것. 그들은 마치 영화 속 배우처럼 순간적 모방 범죄 비슷한 일을 벌인다.

피바람이 불고, 주인공은 집에 보관해두었던 촬영용 화염방사기까지 들고나와 청년을 불태워 죽이는 등 아수라장이 이어진다. 아무런 이유도 없이 총질을 해대며 젊은이는 외친다. 우리는 텔레비전에서 당신들이 이렇게 하는 짓밖에는 보고 배운 게 없다고. 그러고 보면 〈원스 어폰 어 타임 인 할리우드〉는 옛 할리우드를 그리워한다기보다는 할리우드 영화를 고발하는 편에 가깝다.

할리우드에서 얻은 것과 할리우드 때문에 잃은 것을 정산해보자는 식이다. 영화는 영화적 상상력이 그대로 현실이 된 것이 대체 누구 탓이냐고 묻는 듯하였다. 그럼에도 불구하고 유니버설 스튜디오는 잃어버린 사진첩 속 흑백사진이다. 우리 세대 할리우드 키즈의 만화경이다. 팍팍한 세월의 출구이고 영원한 어른들의 디즈니랜드다.

할리우드 영화의 대표주자, 유니버설 스튜디오

유니버설 스튜디오는 1912년에 칼 렘리를 비롯해 여덟 명이 함께 세운 영화 제작사로 세계에서 네번째로 오래되었다. 캘리포니아주 로스앤젤레스에 유니버설 스튜디오 할리우드가 위치하고 본사 사무실은 뉴욕에 있다. 유니버설 스튜디오 할리우드는 유명 영화의 세트장과 놀이공원이 한데 어우러져 촬영장 투어와 함께 다양한 놀이기구도 즐길 수 있다.

유니버설 스튜디오는 일본, 싱가포르에도 있으나 실제 할리우드 거리는 이곳에서만 구경할 수 있다. 트램 버스를 타고 <죠스> <쥐라기 공원> <쿵푸팬더> <해리포터> <미이라> <워터월드> 등 영화 속 장소를 둘러볼 수 있다. 영화 장면 속으로 들어간 것처럼 실제 폭발음은 물론이고 화려한 시각적 효과를 즐길 수 있어 관람하는 내내 흥분시킨다.

유니버설 스튜디오 할리우드
주소: 100 Universal City Plaza, Los Angeles, CA 91608-1002
홈페이지: https://www.universalstudioshollywood.com/

신의
골짜기

가끔씩 황량함 속으로 걸어들어가보자.
그곳은 지붕 없는 수도원,
기둥 없는 사원 같으니
그 속에서 사랑과 죽음과
태어남과 소멸을 묵상해보자.
무수한 세월
비와 바람이 다녀간 곳.
햇빛과 어둠이 머물다 간 곳.
새로운 빛과 남아 있는 어둠 사이에 서서
골짜기로부터 불어오는 바람을 맞으며
태양의 거친 숨소리와 화염
그리고 너무 고와 오히려 처연한 낙조를 바라보자.

인생의 모든 승리는 그 앞에서 초라하고

모든 속죄 또한 남루하다.

모든 욕망은 비열하고말고다.

흙과 바람과 모래의 소용돌이 속에 육신을 뉘어보자.

가만히 누워 귀기울이면 크게 우는 짐승의 소리 같은

땅울림이 들리는 것 같지 않은가.

혹은 멀리서 들려오는 옛 인디언의 나팔 소리도.

그랜드캐니언,

이곳은 창조의 여백.

신은 바위와 흙 사이로 구멍을 내시고

물과 빛이 그 안으로 스며들게 하려다가

그리하여 뭔가 빚어내려 하시다가

문득 안식일 아침이 되니

재료만 버무려놓고 일어나시다.

그러나 그 솜씨 미완성이라 해도 위대하다.

예상치 못한 네모, 부드러운 삼각.

흙은 흙에 연이어 달리고

돌올한 암석과 절벽

그 속에서 물은 희게 빛난다.

인생의 모든 연약과 슬픔

남모르는 상처와 아픔.

이곳에 서서 저 장엄하게 떠오르는 해를 마주하고

그 화염 속에 묻히다보면

모든 시름과 덧없는 욕망

어느새 먼지처럼 우주 멀리로 날려가버리려니.

그러니 가끔씩

황량함 속으로 걸어들어가보자.

멀리 구슬픈 옛 인디언의 나팔 소리가 들려오는 듯한 그곳으로.

그리하여 황량함이 아름다울 수 있음을 배우지.

땅에서 솟아오른 저 많은 흙덩이 속에 서서

나도 작은 흙덩이 하나로 그렇게 잠시 솟아오르는 존재일 뿐임을.

그러다가 다시 육신의 흙집이 무너지면

가느다란 숨소리마저 끊겨

본래의 흙으로 돌아갈 것임을 깨닫게 되리니.

이곳은 지붕 없는 수도원.

기둥 없는 사원.

인생의 어렵고 슬프고 막막한 시간마다

이 황량함 속으로 찾아와

아침과 밤을 맞고 보낸 다음

다시 굳건히 일어서서

돌아갈 수 있기를.

도시에서의 삶은 철저히 '홀로'의 삶이다. 함께 있어도 외롭다. 끊임없이 여러 온라인에 연결되어 있지만 거미줄에 걸린 벌레처럼 외롭다. 팔로워 숫자는 늘어가도 제로섬 게임처럼 결국 '관계'는 부서지고 뒤틀리면서 절절한 외로움의 자리로 돌아오게 된다.

폴란드 출신의 사회학자이자 작가인 지그문트 바우만은 『고독을 잃어버린 시간』에서 내과의처럼 현대를 살아가는 우리의 의식세계를 들여다본다. 한사코 외로움과 고독을 두려워하며 무리 속으로 들어가려 안간힘을 쓰지만, 결국은 그 무리에서 튕겨나오거나 심지어 무리에 있을 때라도 엄습해오는 절절한 실존적 외로움과 고독을 어찌할지 묻는다. 전자기기와 온갖 매체가 만들어내는 플라스틱 관계가 기승을 부릴수록 인간은 외로움의 수렁으로 더 깊숙이 빠져든다고 말한다. 그는 사람들이 그 고독으로부터 도피하기 위해 다양한 방법으로 스스로 즐거움의 질을 디스하는 협상을 벌이는 것이라고 이른다.

그러니 이즈음에서 하루이틀 길, 홀로 사막이나 광야로 떠나보는 것은 어떨까. 광대한 우주의 한 지점에 서서 스스로와 대면해보는 여행은 어떨까. 한밤중 하늘을 보며 대체 별은 왜 저리도 성성하며 바람이 불어오는 곳은 어디인지, 그리고 내가 발 딛고 서 있는 곳은 어디이며 나

대협곡
광대무변한 하늘 아래 펼쳐진 협곡, 그랜드캐니언의 인상.

는 장차 어디로 가야 하는 것인지 창공에 대고 물어보는 것은 어떨까.

때로는 문명이 우리에게 가르쳐주는 것보다 광대한 우주의 한 켠에 서서 홀로 묻고 답을 기다리는 편이 더 나을지도 모른다. 그러기에 광야에서 예수를 만난 바울은 사람을 찾아다니는 대신 홀로 아라비아로 걸어갔을 것이다. 질문이 너무 크면 그 답은 왜소한 인간의 너머에 존재하리라는 사실을 그는 알았을 것이다. 그렇다. '우주에 대고 직접 묻고 그 답을 기다리자'라는 심정이었을 것이다.

그랜드캐니언, 유타주를 가로지르며 멀리 애리조나주까지 뻗어나간 대협곡. 억겁의 세월 동안 바람과 물과 공기가 만나고 틀어지며 만들어낸 장엄한 풍경. 고층 빌딩이 숲을 이루며 단아한 유럽 도시 문명의 전통을 여지없이 깨트린 미국에서 그랜드캐니언은 반전도 그런 반전이 없다. 황토와 괴석 그리고 바위산을 돌아 흘러가는 콜로라도강의 천년 물길은 사람이 지어올린 빌딩과 비교될 수 없다. 문명과 원시가 한 나라 안에서 이렇게 제각기 존재의 유형을 달리하며 세월을 뚫고 가는 모습이라니.

'신의 정원'이라 불리는 자이언 캐니언, 살아 있는 동안 꼭 가봐야 한다는 브라이트 엔젤 트레일. 이곳에 오면 비로소 전설 같았던 북아메리카의 위용과 위시가 꿈틀대는 게 느껴진다. 그랜드캐니언에 와서 한밤중 와르르 쏟아질 듯한 별을 보면서 비로소 '행복하려면 많이 가질수록 좋다'는 논리야말로 빈자의 철학에서 나온 것임을 깨닫게 된다. 행복의 원인을 전혀 다른 방향에서 잘못 생각하고 출발했음을 알게 된다.

그랜드캐니언에서는 다른 무엇보다 밤에 별빛을 모아 스스로의 내면을 비추어볼 일이다. 덧없는 것을 영원한 것으로 잘못 알고 한사코 붙잡으려 했던 마음. 강박적 쾌락과 가짜 기쁨에 목말라 했던 나날……

그랜드캐니언에서는 시작과 끝이 없다. 심지어 죽음도 삶의 한 형태임을 깨닫게 된다. 그리고 엄습하는 알 수 없는 충만과 평온, 도시로 돌아가서도 제발 이 느낌만은 지속될 수 있기를.

위대한 자연의 힘, 그랜드캐니언

그랜드캐니언은 미국 애리조나주 북부와 유타주 남동부에 자리한 대협곡으로 길이가 약 447킬로미터, 깊이가 약 1.5킬로미터 정도 된다. 융기된 지층이 육백만 년 동안 지질학적 활동과 콜로라도강에 의한 침식을 겪으며 형성되었다. 웅장한 절벽과 각양각색의 암석이 멋진 경관을 뽐낼 뿐 아니라 계곡 안에 노출된 수평 단층은 선캄브리아대 초기와 말기, 고생대, 중생대, 신생대 등 이십억 년 전 과거 지질 시대에 대한 증거를 보여줘 학술적으로도 가치가 뛰어나다. 1919년 미국에서 국립공원으로 지정되었고 그 지질학적, 생물학적 가치를 인정받아 1979년에는 유네스코 세계자연유산으로 등재되었다.

그랜드캐니언 국립공원은 강 북쪽의 노스림과 강 양쪽의 사우스림 두 지역으로 나뉘는데 대부분의 관광객들은 사우스림을 찾는다. 유수의 힘을 실감할 수 있는 앤털로프 캐니언, 말발굽처럼 구부러져 있는 호스슈 밴드, 토로윕 오버룩 등 다양한 뷰포인트가 있는데 깊은 협곡뿐 아니라 고원, 평원, 사막, 분석구, 용암류, 개울, 폭포 등 자연이 빚어낸 다채로운 풍경을 즐길 수 있다.

그랜드캐니언 국립공원
홈페이지: https://www.nps.gov/grca/

잠들지 않는 도시를 그리며

문제적 도시 뉴욕. 권력이 된 그 이름. 들끓는 자본과 문명의 학교. 이 책은 불이 꺼지지 않아 밤이 지워져버린 뉴욕을 비롯한 미국의 몇 도시에 대한 드로잉이다. 도구는 변함없이 글과 그림.

환한 햇빛 아닌 인공 불빛의 도시, 밤이면 제발 불 좀 꺼달라고 외치고 싶은 도시. 그속에는 그늘을 먹고사는 식물 같은 기이한 생명체가 서식하고 있다. 이름하여 예술 혹은 예술가들이다. 커튼을 젖히고 그 동네의 풍경을 들여다보는 일…… 재미있지 않은가.

나는 환쟁이다. 밥숟갈 들 무렵부터 시작된 이 일이 여전히 미치도록 좋다. 설렘과 흥분의 시계추를 오가는 동안 비가 오고 바람이 불고 꽃이 피고 눈이 내렸다. 내게 환쟁이 본능은 대체로 날뛰는 말馬과 같은데 글을 쓰는 일은 그 막무가내로 타오르는 힘을 제어하는 또다른 고요한 힘이다.

하늘이 내게 이 두 가지 능력을 허락하신 것에 감사드린다. 잊을 뻔했다. 지치지 않은 발^足의 힘을 주신 것까지도. 그렇지 않았던들 글과 그림과 여행을 어떻게 하나로 묶을 수 있었겠는가.

2022년 여름
김병종

시화기행 2

ⓒ 김병종 2022

초판 인쇄 2022년 8월 3일
초판 발행 2022년 8월 17일

지은이 김병종
책임편집 임혜지 | 편집 이희연
디자인 이보람 최미영
마케팅 정민호 이숙재 박치우 한민아 이민경 박지영 안남영 김수현 정경주
브랜딩 함유지 함근아 김희숙 박민재 박진희 정승민
제작 강신은 김동욱 임현식 | 제작처 천광인쇄사

펴낸곳 (주)문학동네 | 펴낸이 김소영
출판등록 1993년 10월 22일 제2003-000045호
주소 10881 경기도 파주시 회동길 210
전자우편 editor@munhak.com
대표전화 031) 955-8888 | 팩스 031) 955-8855
문의전화 031) 955-3578(마케팅) 031) 955-2672(편집)
문학동네카페 http://cafe.naver.com/mhdn
인스타그램 @munhakdongne | 트위터 @munhakdongne
북클럽문학동네 http://bookclubmunhak.com

ISBN 978-89-546-8790-4 03810

www.munhak.com